LES ÉCOLES À TULLINS-FURES ET LES LOIS JULES FERRY (1601- 1890)

Historiques

Collection dirigée par Vincent Laniol
avec Bruno Péquignot et Denis Rolland

La collection « Historiques » a pour vocation de présenter les recherches les plus récentes en sciences historiques. La collection est ouverte à la diversité des thèmes d'étude et des périodes historiques.

Elle comprend trois séries : la première s'intitulant « travaux » est ouverte aux études respectant une démarche scientifique (l'accent est particulièrement mis sur la recherche universitaire) tandis que la deuxième intitulée « sources » a pour objectif d'éditer des témoignages de contemporains relatifs à des événements d'ampleur historique ou de publier tout texte dont la diffusion enrichira le corpus documentaire de l'historien ; enfin, la troisième, « essais », accueille des textes ayant une forte dimension historique sans pour autant relever d'une démarche académique.

Série Travaux

Dernières parutions

Emmanuel LEGEARD, *Germigny-L'exempt, ou Les Trois Deniers de Gaspard, Six essais autour d'un monument d'art et d'histoire*, 2022.

Mehenni AKBAL, *Archives algériennes de la France coloniale, Contribution à l'évaluation de l'administration centrale*, 2022.

Thomas RODOT, *Un regard pour entendre*, 2022.

Pierre PELOU, *L'esprit du voyage, Expéditions et découvertes,* 2022.

Pierre PELOU, *La fin du voyage ? Colonisation,* 2022.

Eric SEBASTIANI, *Le prieuré de Cayac et le chemin de Compostelle à Gradignan – Gironde*, 2022.

Gérald SIM, *Histoire du collège Pierre Mendès France à La Rochelle de 1964 à nos jours. Une histoire de la priorité*, 2022.

Denis ROLLAND, *Histoire de L'Harmattan. Genèse d'un éditeur au carrefour des cultures (1939-1980)*, 2022.

Jean-Jacques Latouille

LES ÉCOLES À TULLINS-FURES ET LES LOIS JULES FERRY (1601- 1890)

Du même auteur :

Emmanuel, les autres et les grenouilles ; Regard d'un quidam sur l'Affaire Fillon, Iggybook, 2021
Gilets Jaunes, et en même temps, Iggybook, 2019
Patchwork pour l'école, de la pédagogie à la gestion, L'Harmattan, 2017
François Hollande : le rêve n'a pas été au rendez-vous, Dictus Publishing, coll Politique et Démocratie, 2015
Histoire de l'université de Valence, L'Harmattan, 2012

Sous le pseudonyme Jean-Jacques de Corcelles

Quelques mots (recueil de contes), autoédition, 1985
L'Isère autrefois, Horvath, 1987, 1993, 1995
Grenoble autrefois, Horvath, 1988, 1993, 1995
Les écoles à Tullins-Fures entre 1789 et 1851, autoédition, 1990
La cuisine en Dauphiné : l'Isère, Curandera, 1992
La cuisine en Dauphiné : la Drôme, Curandera, 1992
La cuisine dauphinoise traditionnelle, Horvath, 1996
Fêtes et cuisine dans les Alpes du Sud, Edisud, 2005

Sous le pseudonyme Jean-Jacques de Corcelles en collaboration :

Dictionnaire des communes de l'Isère, Horvath, 1987
Histoire du Dauphiné, (sous la direction d'Henri Rougier), Horvath, 1992,
Avec Robert Mazin, *Histoire de Tullins-Fures*, autoédition, 1987
Avec Robert Mazin, *La noix et le noyer*, Edisud, 1995
Avec Charlotte Castella, *L'Isère au fil du temps* (recueil d'aquarelles), 1996.

5-7, rue de l'École-Polytechnique, 75005 Paris

www.editions-harmattan.fr

ISBN : 978-2-14-027235-6
EAN : 9782140272356

ISÈRE

Remerciements

Je veux ici dire toute la gratitude que j'ai envers Monsieur le professeur Guy Avanzini qui a dirigé ma thèse de doctorat relative à l'Histoire de l'université de Valence en Dauphiné.

Ma gratitude va aussi à mon maître et ami Robert Mazin qui a accompagné mes premiers pas en histoire locale et qui m'a tellement appris sur l'histoire de Tullins-Fures. Je veux dire toute mon amitié à André Vallini, sénateur et ancien maire de Tullins, qui a soutenu mes travaux tant en histoire locale qu'en sociologie du développement local et tellement encouragé mon travail d'archiviste communal vacataire.

J'ai une pensée toute particulière pour Eve, mon épouse, qui m'accompagne avec amour et bienveillance, et qui supporte avec une incroyable patiente la lourde ambiance de la période d'écriture de ma thèse et de chacun de mes livres.

Introduction

La doxa, souvent le discours médiatique et quelquefois le discours de l'État, font des Lois Jules Ferry de 1881 et de 1882 les lois fondatrices de l'école en France. Sans minimiser l'œuvre de Jules Ferry qui a donné une tonalité et une assise sociale particulières à l'École en l'instituant comme une véritable structure du système étatique, nous devons reconnaître que ces lois ne sont pas advenues ni furent mises en œuvre sur un terrain d'où toute école aurait été absente.

On oublie trop souvent l'œuvre de la Révolution de 1789, celle de l'Empire et surtout celle de François Guizot avec la loi de 1833. Par ailleurs comment penser la « gratuité » au regard de l'existence des « listes de gratuité » qui existaient dans les écoles déjà en place avant 1881 ? L'analyse de la situation particulière d'une ville du département de l'Isère, Tullins-Fures, au cours du 19e siècle permet de voir d'une part comment le terrain scolaire était déjà en végétation, comment cette végétation s'est développée sur le terrain de la société locale et donc comment les nouvelles semailles introduites par Jules Ferry ont à la fois fait évoluer et modifié une situation scolaire préexistante jusqu'à créer un système social et administratif : une institution d'État.

À 27 km de Grenoble en direction de Saint-Marcellin puis de Valence, au sud de Voiron, Tullins-Fures était, au 19e siècle en nombre d'habitants la 5e ville du département de l'Isère avec 4740 habitants en 1881 (Grenoble 51 371). Elle était un pôle industriel et économique important du département qui vit cohabiter ou s'opposer deux pôles territoriaux et sociaux : Tullins, ville d'origine, avec sa bourgeoisie rurale et commerçante, Fures, le hameau, avec sa bourgeoisie industrielle et ses ouvriers. Sans doute la population de Fures, notamment les industriels, était plus sensible aux idées républicaines de l'époque que ne l'étaient la population et la bourgeoisie de Tullins. Toutefois, la seule certitude que nous pouvons avancer au regard de l'analyse des archives c'est que les idées républicaines n'ont pas été absentes des débats des différents conseils municipaux et que ce que l'on nomme la politique n'était vraisemblablement pas absente non plus des discussions entre habitants. C'est dans ce climat social et politique particulier que s'est développée une querelle entre ce que nous avons nommé la bourgeoisie rurale et commerçante de Tullins et la bourgeoisie industrielle de Fures, cette dernière était effectivement mise à l'écart de la gestion de la ville, elle ne participait pas au Conseil municipal, et elle fit souvent remarquer que le hameau était dépourvu d'église et d'école. On trouve parfois dans les archives une revendication des habitants de Fures dans laquelle ils manifestent l'intention que le hameau soit séparé de la ville et prenne le statut d'une commune indépendante ; cela ne se fit pas et la ville s'appelle toujours Tullins même si les panneaux routiers et la gare SNCF affichent Tullins-Fures.

L'École fut souvent au centre de cette querelle, sans doute parce qu'elle représentait un élément extrêmement important de gestion municipale autant que de satisfaction des besoins des populations. Il semblerait que l'École était un élément essentiel pour les industriels de Fures sans pour autant que l'on puisse affirmer ici au regard des documents d'archives s'il s'agissait pour eux de mettre en œuvre quelques idées philosophiques ou s'ils avaient une vue plus pragmatique sur le rôle que pouvait jouer l'École dans le développement économique et en matière de régulation sociale. Quoi qu'il en soit Fures obtint son école et la chapelle qu'avaient fait construire les industriels fut élevée au statut d'église.

Ainsi, au-delà des querelles « de clochers » et des oppositions sociales et politiques, l'histoire de la ville montre combien, dès la Révolution de 1789, l'École occupait une place importante et particulière dans les délibérations du Conseil municipal, donc vraisemblablement dans la ville ainsi que dans la partie de la population la plus aisée. Lorsqu'arrivèrent les Lois Jules Ferry de 1881 et 1882, le « terrain scolaire » était déjà occupé. Dès lors, dans quel contexte local les Lois Jules Ferry furent-elles mises en œuvre ? La mise en œuvre de ces Lois a-t-elle été l'occasion de la création de nouvelles écoles, de la suppression d'écoles existantes ou plus simplement d'une modification d'un fonctionnement et d'un système municipal préexistants ?

Nous proposons d'étudier cette situation à travers le cas particulier de Tullins-Fures en deux grandes étapes : l'école à Tullins-Fures entre 1789 et 1851, puis la période de l'application des Lois Jules Ferry dans le cadre d'un système qui s'est développé entre 1851 et 1881 dans un contexte social et politique particulier.

Première partie

Une ville et des écoles de 1789 à 1851

En France et à Tullins-Fures : l'ancien régime

La période communément appelée La Renaissance est marquée par deux phénomènes sociaux qui ont eu une incidence majeure dans l'évolution de l'École. Le premier se trouve dans la confirmation du développement du rôle des villes avec l'apparition d'une bourgeoisie marchande et commerçante, souvent lettrée. Ce phénomène social a été accompagné par l'émergence ou l'intensification de certains métiers et professions : imprimeurs, juges, notaires, médecins qui très vite s'amalgamèrent à la bourgeoisie marchande. L'autre phénomène social c'est l'émergence, sans doute mue par le protestantisme, de l'idée suivant laquelle l'instruction, donc l'École, est un moteur économique et un élément indispensable à l'évolution des sociétés.

Que de choses rapidement écrites sur le mode du schéma, pour dire que la « ruralité » commençait à perdre de son importance au profit de la « citadinisation », et que les besoins de savoir lire, écrire et compter croissaient. Ce processus est, dans l'état actuel de nos recherches, peu mesurable à Tullins-Fures relativement à sa genèse et à son accroissement ; mais le 16e siècle trouve notre cité en pleine expansion économique. Les cadastres montrent bien Tullins comme une cité artisanale et industrieuse, avec une forte population bourgeoise. Peut-on penser que cette dernière était à l'image de la bourgeoisie « nationale », c'est-à-dire avide de s'approprier une culture jusque-là exclusivement aristocratique ? Le développement des échanges économiques à l'aube de la Renaissance entraîna, ipso facto, une explosion des échanges culturels : la culture voyageait. Cette culture souvent teintée de protestantisme qui arrive et s'installe en France, les bourgeois en réclamaient leur part au nom de la puissance financière qu'ils représentaient désormais.

L'avènement de la Renaissance ne fut pas seul à marquer la fin du Moyen Âge ; il y eut aussi la Réforme avec certes son idéal religieux mais aussi l'instauration, comme quasi-postulat, d'une obligation d'éduquer tous les enfants et les citoyens. Luther ne disait-il pas : « la prospérité d'une cité ne dépend pas seulement de ses richesses naturelles, [...] ; le salut et la force d'une cité résident surtout dans la bonne éducation qui lui donne des citoyens instruits, raisonnables, honnêtes, bien élevés ». Le monde catholique ne pouvait pas laisser s'installer la Réforme sans réagir : ce fut le Concile de Trente (1545-1563). Difficile concile dont nous ne retiendrons pas les décisions à caractère strictement religieux car là n'est pas notre propos. L'important pour notre sujet c'est l'idée qui fut émise de « scolariser » le plus possible d'enfants dans chaque paroisse. Cette idée n'a pas un caractère religieux à proprement parler, mais chacun comprendra que dans l'instant de la Contre-Réforme l'École pouvait devenir le moyen de « former de bons petits catholiques ». Aussi était-il primordial que ce fût l'Église qui prît en charge les écoles.

À Tullins on mit en application avec zèle les décisions du Concile de Trente. À notre avis pour deux raisons essentielles : la ville fut un lieu de chrétienté qui recevait fréquemment l'évêque de Grenoble, et d'autre part elle était riche en couvents, argent et bourgeois. Ainsi les délibérations de la communauté[1] font apparaître en 1601 que « le sieur Ennemond Damoure est élu pour remplir les fonctions de précepteur de la jeunesse avec jouissance des revenus et pensions légués en faveur de ceux qui instruisent la jeunesse, ainsi que des exemptions attachées aux dites fonctions. Le sieur Étienne Cheval fait offre de partie de sa

[1] Archives communales de Tullins, série BB2

maison pour le logement dudit précepteur ». Rien ici ne montre l'emprise de l'Église sur le précepteur. S'agit-il d'une exception, car en règle générale celui-ci voyait sa nomination soumise à l'approbation de l'évêché. Nous verrons plus avant que Tullins ne fît pas exception.

Souvent le précepteur était obligé de se livrer à quelques emplois casuels d'église, voire plus rémunérateurs, pour obtenir un salaire décent. Mais à Tullins, rien de tout ça, semble-t-il. Bien au contraire le salaire annuel de 72 livres alloué à Ennemond à Damoure apparaît comme confortable. En 1655 ce salaire fut porté à 100 livres, au profit de Monsieur Benoît qui était maître écrivain et régent d'école. Était-ce là le précurseur de l'instituteur–secrétaire de mairie si cher à nos campagnes d'antan ? Quoiqu'il en soit, sans être extraordinaire, un salaire de 100 livres était appréciable. Autre chose remarquable, une fois encore, il semblerait que l'Église, à Tullins, limitait son rôle, relativement à l'école, à reconnaître « la qualité de bon catholique » du précepteur : « … ayant été agréé par Monsieur le curé à la charge néanmoins que le sieur Chabert rapportera dans la quinzaine les certificats de catholicité… ». La communauté prenait en charge l'école y compris sur le plan de son installation matérielle ; en 1655 le registre des délibérations de la Communauté indique : « location par la communauté d'une maison aux dames Ursulines de Tullins destinée à l'école pour avoir un local plus spacieux et plus commode ».

Ainsi, la communauté de Tullins prenait un soin tout particulier à ce que « sa jeunesse » bénéficiât d'un bon précepteur allant jusqu'au « vote d'une somme annuelle de 150 livres pour les appointements d'un Bon précepteur de la jeunesse ». Ce fut comme cela jusqu'au 22 mars 1742 où furent élus Pierre Chabert, clerc tonsuré de Grenoble, et Jean Vassal Allemand comme précepteurs et régents de l'école. De 1655 jusqu'à la Révolution, l'école apparaît peu dans les registres de délibérations de la communauté à l'exception de 1742 que nous venons de voir, et de 1726 années où la communauté semble avoir eu des difficultés pour « récolter » les sommes nécessaires afin de payer le précepteur. Lequel des trois ordres se faisait tirer l'oreille pour cet impôt ? Pour l'heure nous manquons d'éléments pour une analyse plus en profondeur. Mais, ne s'agissant ici que d'un chapitre introductif nous en demeurerons sur ce fait ; remarquant tout de même que le salaire n'était plus que de 60 livres.

Cette dernière remarque nous amène à nous interroger plus avant à propos de cette rémunération. Rien ne montre, si ce n'est dans le cas du sieur Benoit maître écrivain, que le précepteur exerçait une autre activité rémunératrice. Est-ce à dire qu'en plus du salaire versé par la communauté, le précepteur percevait, vraisemblablement, le montant que chaque élève versait pour suivre ses leçons ? Car les élèves payaient : en 1611, 5 sols et 10 sols par mois ; en 1742, par mois, 6 sols pour la lecture, 12 sols pour la lecture et l'écriture, 15 sols s'ils voulaient de l'arithmétique en plus, 15 sols encore pour le latin.

L'éducation que le Concile de Trente aurait voulu étendre à toute une population, demeurait sinon aristocratique du moins réservée à une élite financièrement aisée.

Je Certifie a qui il appartiendra que
le Sieur jean Vassal allemand de la
paroisse de la chenal en brianconois
a regi pendent environ dix ou douze
ans la ~~regent~~ regence des ecoles de
la ville meme de briancon et quil
est dune famille catholique
a st paul le douzieme aout mille
sept cent quarante deux C. philip Curé

7

La Révolution

C'est donc une école réservée aux « riches » que la Révolution trouva à Tullins, comme dans le reste de la France. À l'heure où de nombreux historiens nous font réviser nos vues sur la genèse de la Révolution de 1789, il peut être important de situer, autant que faire se peut, le « mouvement révolutionnaire » à Tullins.

Tullins, avec environ 3700 habitants à la veille de la Révolution (3787 en 1791), ne possédait pas de noblesse résidentielle. Souvenons-nous : le château et le fief furent mis en engagement par Louis XI héritier de Claude de Roussillon ; l'engagement demeura dans l'escarcelle des Clermont Tonnerre jusqu'à la Révolution et leurs mandataires gouvernaient Tullins. Peu des autres familles nobles étaient issues de la terre tullinoise. En fait, la proximité de Grenoble (un peu moins de 8 lieues, 30 km) et les mutations foncières avaient transformé la cité en ville de villégiature où on y passait les fins de semaine et les congés de l'époque. Il semble que les nobles tullinois résidaient ordinairement à Grenoble où nombre d'entre eux y possédaient des charges comme monsieur de Pina qui était conseiller au Parlement. Dans ces conditions la bourgeoisie du lieu qui n'avait jamais cessé de s'enrichir depuis le Moyen Âge, y avait une place prépondérante. N'était-ce pas un peu partout comme ceci : une bourgeoisie puissante, une noblesse ruinée (ou peu s'en fallait) vivant encore au terroir, et une noblesse riche exilée à la ville. Entre les deux premières la communauté d'esprit était plus grande qu'on ne l'a imaginé jusqu'à aujourd'hui. Dans ce tableau la communauté de Tullins fonctionnait bien, avec ses assemblées tenues régulièrement. Immanquablement, dirons-nous, Tullins fut présente à l'Assemblée de Grenoble du 14 juin 1788. Notons au passage, pour appuyer notre analyse, que dans son assemblée du 22 juin 1788 la Communauté ne nomma qu'un député pour le clergé et la noblesse « attendu que ces corps ne sont pas assez considérables pour nommer un député de chaque... ». Pourtant, la ville s'engage totalement, quoique dans le calme et la sérénité, dans le mouvement révolutionnaire. Ici, point de tuerie, point de massacre mais une application de bon élève à mettre en œuvre les directives nationales ; pour autant nous n'emploierons pas le mot de zèle qui ici risquerait d'être excessif.

Comme elle le fut pour le Concile de Trente, l'école était primordiale pour les révolutionnaires mais, la Révolution avait-elle le pouvoir, en elle-même, de changer quoi que ce soit en matière et en manière d'éducation ? Certes les « têtes » de la Révolution durent penser à l'éducation mais face à l'importance quantitative des réformes de société à mettre en place, la réforme des institutions éducatives ne pouvait pas être prioritaire. D'autant que le peuple ne devait pas, lui, placer l'école au premier rang de ses préoccupations. Jacques Solé[2] rappelle dans son livre : « Ces difficultés budgétaires et financières furent cependant de peu de poids à côté des conséquences de la mauvaise récolte 1788 qui affecta profondément le visage revêtu par la Révolution ». Tullins ne fit en rien exception à cet état de fait économique : grande était l'inquiétude des syndicats de la Communauté qui rappelèrent à maintes reprises que la ville ne produisait que « quatre mois de grains ». Pourquoi alors, ici comme ailleurs, se serait-on d'abord intéressé à une école qui, quand elle existait, fonctionnait à la satisfaction des bourgeois qui en étaient sinon les seuls du moins les principaux utilisateurs, et qui, d'autre part, furent les initiateurs et les véritables maîtres de la Révolution au

[2] Solé, J. : La Révolution en question, Paris, Seuil, 1988.

moins jusqu'à l'exécution de Louis XVI. Les délibérations concernant l'installation de la nouvelle municipalité de Tullins le 18 brumaire An III peut montrer que l'éducation, pour intéressante qu'elle fut, n'était pas l'intérêt premier d'une municipalité qui organisait six bureaux : des comptes, de la subsistance, des contributions, de la correspondance, des affaires militaires (celui-ci s'occupant aussi de l'hôpital) et de la police, mais point pour l'école.

Quant à la nature de l'éducation, aux formes à lui donner, reconnaissons que les idées évoluent avec une lenteur si souvent exaspérante. Si la Révolution pouvait être un espoir d'amélioration des conditions de vie du peuple, elle ne pouvait pas prétendre à bouleverser profondément la nature de l'éducation ; c'est ce que rappelle Roger Dufraisse[3] : « Ni en France, ni ailleurs, la Révolution n'a tout détruit ni tout inventé, pas même l'intérêt porté à l'éducation et aux institutions chargées de la dispenser ; c'est pourquoi la période qui, en gros, sépare 1789 et 1851 est placée, dans ce domaine, sous le double signe de changement et de la tradition ».

Avant de reporter notre regard sur Tullins nous voudrions faire nôtre une idée aujourd'hui souvent rappelée suivant laquelle une révolution ne produit réellement ses effets que bien après qu'elle se soit éteinte. C'est sans doute le 19e siècle, notamment sa seconde moitié, qui verra les idées révolutionnaires en matière d'éducation prendre forme ; c'est ce qu'écrit en substance R. Hubert[4] : « En trois ans (1792–1795) toutes les questions que le XIXe siècle devait à son tour reprendre et tenter de résoudre ont été évoquées, discutées, clarifiées… ».

Mais revenons à Tullins.

---

[3] Dufraisse, R. : Histoire mondiale de l'éducation, Paris, PUF, 1981.

[4] Hubert, R : in Parias, Histoire générale de l'enseignement et de l'éducation en France, Paris, G-V Labat, 1981.

Ce n'est que dans les délibérations du conseil municipal que nous trouvons les traces de l'école à Tullins entre 1789 et 1799. Le 15 mai 1793 les « citoyens chefs de famille » adressaient une pétition au Conseil Général de la commune dans laquelle ils réclamaient l'ouverture d'une école.

Serait-il raisonnable de penser que les pétitionnaires fussent, pour partie d'entre eux, au courant de la loi du 12 décembre 1792 qui marqua le terme d'une longue réflexion mise en place par la Constituante en 1791 ? Dans la mouvance des idées révolutionnaires les gouvernants mettant à mal les structures institutionnelles de l'Ancien Régime d'une part, et d'autre part se devant de donner une image concrète aux idéaux maintes fois débattus, ces gouvernants étaient mis en devoir de proposer au peuple une École digne de ses aspirations réformistes et démocratiques. Alors tout le monde y alla de son développement : Mirabeau, Talleyrand, Condorcet... Rappelons-nous l'application que mit Tullins à obéir aux directives nationales dès le début de la Révolution, peut-être est-ce là que nous pourrions trouver l'origine de cette pétition du 15 mai 1793 ? Nous allons voir qu'il n'en est rien, et que cette pétition répondait, à notre avis à un évident pragmatisme.

Bien avant que la Constituante s'intéressât à l'École, on avait aboli les droits féodaux ce qui la privait de ressources même si l'on maintint la dîme jusqu'à 1791. Pire, les décrets de février 1790 interdisaient les congrégations religieuses, portant ainsi, et déjà, un rude coup aux écoles mêmes si ce ne fut que le 18 août 1792 que les religieux furent réellement « interdits d'école ». Mais déjà en 1791 obligation leur était faite d'avoir prêté le serment civique pour pouvoir enseigner. Ainsi, tout concourut à la fermeture des écoles. Quand bien même celles-ci eussent été laïques, auraient-elles eu les moyens financiers de fonctionner ? Nous avançons que c'est dans ce contexte que disparut l'école à Tullins qui était dirigée, avant la Révolution, par un ecclésiastique. On comprend alors le désarroi des bourgeois de ne plus pouvoir faire instruire leur progéniture dans l'espoir de la voir accéder à quelque charge lucrative. Si c'est dans la « philosophie » révolutionnaire que les pétitionnaires avaient puisé la source de leur adresse au Conseil Général de la commune, nous devrions retrouver dans le libelle relatif à cette pétition les termes de la loi de 1792. Celle-ci introduit le mot important d'**instituteur** dans son article premier : « Les personnes chargées de l'enseignement dans ces écoles s'appelleront des instituteurs ». Or rien de ceci dans la pétition présentée au Conseil Général de la commune de Tullins. Certes les rédacteurs du registre des délibérations n'étaient pas les pétitionnaires, encore que parmi le conseil il devait bien y avoir quelques « chefs de famille pétitionnaires ». Quoiqu'il en fût, il serait surprenant que le rédacteur de la délibération fût ignorant des lois, ou même qu'il employât obstinément un mot différent de celui utilisé par les rédacteurs de la pétition. Non, la raison pragmatique explique mieux la genèse de cette pétition qu'un quelconque zèle mis à appliquer la doctrine révolutionnaire. L'essentiel n'est cependant pas dans la genèse de la pétition, mais bien dans le fait qu'elle reçut une suite favorable puisque le Conseil Général de la commune accepta de charger Charles Caziot de la mission de l'instruction publique[5] : « Considérant que le citoyen Caziot a donné en cette ville (Montbrison) des preuves de ses talents pour l'éducation de la jeunesse, que depuis il a toujours fait les fonctions de précepteur à Montbrison à la satisfaction des habitants de cette ville, a arrêté qu'il [le Conseil Général de la commune] verra venir avec plaisir se fixer ici, et en sa faveur provisoirement une gratification annuelle de 150 livres à compter du jour qu'il commencera son instruction publique ». Le Conseil

[5] Archives communales de Tullins, série D

Général de la commune reçut Charles Caziot le 7 juillet 1793 ; là, celui que l'on dénommait encore le précepteur de la jeunesse prononça un discours au lyrisme et au patriotisme émouvants : « Citoyens membres du conseil général, c'est entre vos mains sages et prudents père d'une nation vertueuse et incorruptible qui n'aspire et ne travaille que pour l'avancement de sa progéniture, que je viens déposer le vœu que mes obligations m'imposent de remplir pour l'instruction de la jeunesse de votre ville, dont vous m'avez autorisé par votre délibération du 28 mai dernier. Votre confiance et votre appui, citoyens chéris, seront pour moi une pierre fondamentale que nul individu ne pourra ébranler. Enfin chers citoyens votre autorité donnera plus d'effervescence à mes devoirs. Je me regarderai le concitoyen et le père d'une nouvelle génération française qui suivant, avec le lait de leur mère, les mouvements et les principes de la loi, la rendra des républicains zélés et indomptables défenseurs. Recevez citoyens chéris, recevez agréablement les vœux que j'ai formés et les obligations que mes devoirs m'imposent au nom de la majeure partie des concitoyens et pères de famille de votre commune. Enfin chers citoyens recevez-les favorablement et mon cœur sera entièrement satisfait ». (L'orthographe d'origine a été conservée)

Charles Caziot resta en poste jusqu'à son décès début mars 1796. Durant toutes ces années il perçut un salaire annuel de 150 livres, c'est-à-dire autant que le mandeur[6] de la commune. Pourquoi pas ? Ceci peut s'inscrire dans l'idéologie de la Révolution, tout comme le coût de l'arbre de la liberté voté le 27 floréal An II qui s'élevait à la somme de 395 livres. Ceci est anecdotique plus que comparaison sérieuse ; pour nous rendre compte un peu de ce que

---

[6] Mandeur, officier en charge de faire les commandements de service pour la ville.

représentait ce salaire de 150 livres, il faut le comparer par exemple avec la journée de travail des paysans journaliers :

	Octobre à février	Mars à septembre
Avec nourriture	12 sous	15 sous
Sans nourriture	1 livre[7] et 50 sous	1 livre et 10 sous

La rétribution de Caziot peut aussi être comparée avec le prix du pain : la livre de pain blanc (417g) coûtait 8 sous, à propos duquel Michel Winock rappelle dans Le Monde du 20 juillet 1988 que cette livre de pain blanc était la consommation quotidienne d'une personne : « Ce pain de 4 livres, c'est la consommation par jour d'une famille de 4 personnes », ou avec le prix du vin : le pot de 1,385 litres coûtait 8 sous. Ainsi, on voit que 100 £ en 1655 (rétribution du sieur Damoure, cf supra) pouvaient constituer un salaire sinon extraordinaire du moins acceptable, 150 £ en 1794 sans être un salaire dérisoire ne représentaient, de toute évidence, pas une fortune. En outre il semblerait que le citoyen Caziot ait rencontré quelques difficultés à se faire payer régulièrement. Ainsi il dut réclamer, le 28 nivôse An III, et il fut renvoyé devant le comité de comptabilité. Celui-ci accepta la requête donna son accord pour que lui fussent payés, non pas son salaire uniquement, mais aussi le remboursement de travaux et de fournitures d'un montant de 160 livres. Notons que si ce salaire de 150 livres surprend, il s'inscrit cependant dans une moyenne dûment constatée.

L'école disparut de la vie municipale jusqu'en janvier 1795. Nous pouvons supposer que l'école était rentrée dans

---

[7] Une livre valait 20 sous, et un sous équivalait à 12 deniers.

la normalité de la vie municipale et qu'aucun problème n'a amené le Conseil Général de la commune à délibérer à son propos. Toutefois cette situation interroge au regard du vote de la loi et des décrets de 1793 qui semble-t-il n'ont pas été appliqués à Tullins. Cette loi c'est la loi Lanthenas qui prévoyait :

a- Une école primaire dans tous les lieux entre 400 et 1500 habitants (cela voulait dire deux voire trois écoles à Tullins),

b- Que les instituteurs sont déclarés fonctionnaires publics et reçoivent une rémunération minimum de 1200 livres (soit 8 fois la rétribution accordée à Ch. Caziot), et sont logés par la commune.

Cette loi n'a pas été appliquée, ni à Tullins ni ailleurs en France. Pourquoi une commune comme Tullins, se serait-elle focalisée sur cette réforme alors que son école fonctionnait, semble-t-il à la satisfaction de tous. D'autre part les administrateurs communaux avaient à faire face à maints problèmes dont ceux relatifs à l'approvisionnement de la ville comme le montre cette lettre adressée au district des Thermopyles (Saint-Marcellin) le 24 fructidor An II : « Plusieurs citoyens se sont présentés dans les communes environnantes munis des certificats nécessaires, mais leurs demandes ont été rejetées sous prétexte que le grain n'était pas encore battu, il est facile d'apercevoir les motifs de cette tournure dictée par l'intérêt particulier. Ainsi nos concitoyens sont placés devant l'alternative d'enfreindre la loi ou de mourir de faim. Cette dernière expression n'est point exagérée, c'est le fait dans toute la force de la vérité. Chaque jour de la salle de nos séances est remplie par quantité de citoyens qui des enfants dans leurs bras et les larmes aux yeux demandent du pain ». Et, redisons-le, il semble bien que l'école à Tullins fonctionnât à la satisfaction de tous.

Après Caziot, le 21 ventôse An IV (1796), « Joseph Ambroy instituteur de la jeunesse, habitant à Fures (hameau de Tullins) s'est présenté pour remplacer Charles Caziot décédé ces derniers jours… » ; le conseil accepta son offre et décida de pourvoir à son logement. Fi donc des lois et décrets de 1793. En revanche il semble que les décrets de brumaire An III (novembre 1794) produisirent un meilleur écho. Ceux-ci distinguaient deux sortes d'enseignements : un privé et un national, ils établissaient une école primaire pour 1000 habitants divisée en une école de filles et une école de garçons. Sur le plan national les décrets de 1794 furent bien appliqués comme ils le furent aussi à Tullins, même si cela fut un peu long. Mais, rappelons-le, la jeunesse tullinoise n'était pas sans instituteur. La délibération du 22 pluviôse An III (février 1795) est la première trace que nous trouvons de l'application des décrets de 1794 : « En exécution de la lettre du district des Thermopyles du 1er de ce mois relative aux écoles primaires, et ensuite de la lettre écrite du 14 de ce mois par la municipalité de Tullins, et celle de Morette... Le Conseil général de concert avec le citoyen Chaperon maire de Morette et commissaire nommé par la municipalité de cette commune ont déterminé l'arrondissement des deux écoles primaires qui doivent être placées à Tullins pour les deux communes ainsi que suit :

1- la commune de Morette, les hameaux de Troussatière, l'Elina[8], la Méarie, les Arons et la partie supérieure du Bourg à partir le long de la Grande-Rue formeront un arrondissement,

2- la partie inférieure du Bourg avec les hameaux de Fures, de Chépy, Bourretière, toute la Plaine, Tizin, Malatras forment un second arrondissement. »

---

[8] De nos jours dénommé L'Eslinard.

Nous n'en sommes que là le 16 janvier 1795, et il semble qu'il aura fallu un peu plus d'une année pour que les choses se mettent en place.

- Le 27 floréal An IV (27 avril 1796) l'administration centrale demande le tableau de la population, ainsi que le nombre d'écoles primaires à établir ;
- Le 2 prairial An IV (21 mai 1796) on lit en conseil un placard intitulé « Instruction publique » concernant l'établissement des écoles primaires : combien faut-il établir d'écoles dans le canton, quel sera l'arrondissement de chacune, le presbytère et le jardin de celui-ci seront réservés aux instituteurs et institutrices ;
- Le 15 brumaire An V (5 novembre 1796) la commune accepte la demande de Ambroy, instituteur, qui requiert une salle plus grande dans le presbytère en préconisant « l'abattement d'une gype qui sépare les deux pièces »,
- Le 13 frimaire An V (3 décembre 1796) l'administration municipale regrette que l'administration départementale n'établît que 3 instituteurs pour le canton dont un seulement au chef-lieu, un à Saint-Paul d'Izeau et un à Morette. Elle juge cela insuffisant puisque de tous les temps il y a eu 3 instituteurs à Tullins et 2 ou 3 institutrices ; elle appuie sa requête sur le fait que « considérant enfin que l'éducation est devenue un besoin plus réel pour les Français par la nouvelle constitution qu'ils ont acceptée puisqu'elle les prive au défaut d'instruction du titre et du droit de citoyen, qu'en conséquence les en priver serait nuire à leurs intérêts les plus chers » ;
- Le 19 ventôse An VI (9 mars 1798) : « La commune a ainsi distribué à chacun des agents municipaux un exemplaire du placard de l'autorité de l'administration centrale du 8 ventôse renfermant un arrêté du directoire exécutif du 17 pluviose relatif à la surveillance sur les instituteurs, desquels arrêtés ledit commissaire a requis

l'exécution. L'administration municipale se référant au réquisitoire du commissaire du pouvoir exécutif a délibéré de procéder à la nomination d'un de ses membres pour surveiller et visiter les maisons d'instruction de ce canton, et a nommé Joseph Turin agent municipal de la commune de Tullins commissaire à cet effet » ;

- Le 19 messidor An VI (7 juillet 1798) la commune « nomme Gruizard pour visiter et surveiller toutes les maisons d'éducation et établir un rapport, [...] observations et mesures à prendre pour contraindre les instituteurs à se conformer aux lois républicaines, s'il y en a qui les ignore ou s'en écarte ».

Puis les registres municipaux et les archives restent silencieux à propos des écoles jusqu'en 1801.

Cette espèce de désordre que montre l'énumération ex-abrupto des délibérations du conseil communal illustre assez bien celui qui pouvait régner dans l'ensemble du pays. Effectivement la période du Directoire se caractérise par une instabilité et une désorganisation administrative vraisemblablement dues aux difficultés financières rencontrées par l'État. L'État comme les communes avaient besoin d'argent : on accéléra la vente des biens nationaux amputant ainsi gravement le capital immobilier des communes. Tullins semble avoir échappé à cette hémorragie foncière en ayant acheté l'immense propriété des Frères Minimes[9]. De même, il semble, que Tullins n'est pas vu revenir de prêtre réfractaire amnistié qui aurait voulu créer une école, et ses instituteurs publics semblaient avoir un sens civique exempt de tout reproche car nous n'avons retrouvé aucun acte de police ou de justice à leur endroit.

L'École cependant subit le contrecoup de ce désordre et il semblerait que l'on oubliât un peu son bien-être matériel. Mais, le coup d'état des 18 et 19 brumaire 1799 arrive et après lui le calme politique et administratif.

---

[9] Qui abrita l'Hôtel de Ville jusqu'en 1976.

Après la tempête… l'Empire

Le Directoire avait sinon jeté le trouble, du moins avait-il été le témoin de désordre. À Tullins alors que le Consulat fête son premier anniversaire, on se désole : le conseil municipal dans sa délibération du 25 pluviôse an IX « constate la mauvaise installation des locaux dans la maison commune : la justice de paix siège dans la salle du conseil municipal, il n'y a pas de maison d'arrêt ». Les instituteurs eux-mêmes sollicitaient un logement convenable à un moment où le conseil municipal déclarait : « l'instruction publique est un des premiers objets face desquels il faut fixer les yeux… ».

Alors, puisque la paix intérieure était revenue, on s'apprêtait à réparer les plaies : « le moment d'agir est venu, une paix glorieuse et la sagesse du gouvernement nous offrent la circonstance la plus favorable pour nous occuper des besoins de cette commune ; en conséquence la commission propre au conseil municipal de solliciter auprès des autorités compétentes l'autorisation d'aliéner la partie desdits bâtiments [ancien couvent des minimes] la plus dégradée et la moins nécessaire, pour le prix être employé à réparer le surplus des bâtiments, […] et au logement pour deux instituteurs ». Le 6 thermidor en XI a vu le retour d'un curé à qui on a remis le presbytère. Dans le budget de 1807 il fut voté une somme de 400 Frs comme salaire du curé et du vicaire. Rien n'apparaît pour l'école.

Le 1er juin 1813 : Joseph Ambrois et Marcelin Béguier devaient déjà être en poste à Tullins car dans une lettre du 1er juillet 1813 ils demandaient que soit exécutée la décision du conseil municipal en date du 18 avril 1809 qui acceptait l'offre que tous deux faisaient d'avancer à la ville l'argent nécessaire à la construction de l'école. Mais, on était bien loin de cette proposition car pour l'heure ils ne disposaient que d'une chambre, qui plus est sans cheminée. Ce ne fut qu'en 1815 que des appartements décents furent construits. Ceci coûta 366,85 francs à la commune dont le budget annuel s'élevait à 4425,20 francs.

L'école avait quitté le presbytère pour s'installer dans l'ancienne propriété des Minimes transformée depuis la Révolution en Hôtel de Ville. Du moins en ce qui concerne l'école publique, car il semble qu'il y ait eu une école « parallèle » si on en croit l'avis de Monsieur le Maire en date du 29 décembre 1812 : « Le maire de Tullins informé qu'au mépris des lois et règlements sur l'instruction publique, plusieurs particuliers se permettent de tenir des écoles sans s'être munis préalablement de l'autorisation de Monsieur le Recteur de l'académie de Grenoble et sans le consentement de l'autorité locale ». Si une telle école a existé, elle était bien « parallèle » car, si les écoles privées étaient autorisées, même encouragées, elles devaient s'inscrire dans un cadre réglementaire très précis qui prévoyait notamment une demande d'ouverture introduite auprès de l'administration communale. Or rien de tel n'apparaît à Tullins.

Ne disposant pas de documents du bureau de bienfaisance, il ne nous est pas possible d'affirmer qu'il existait « une école gratuite et charitable » à Tullins. Il faudrait, pour tenter quelque hypothèse, creuser dans les archives concernant les établissements religieux jadis nombreux à Tullins. Mais, dans l'état de nos recherches, depuis la Révolution il n'y a plus eu de couvent ni de maison religieuse avant 1820 qui marqua le retour des Ursulines. Sinon, effectivement, on pourrait supposer qu'il y aurait eu une ou plusieurs écoles privées auxquelles le régime napoléonien attachait beaucoup d'importance. Napoléon s'intéressa peu à l'enseignement primaire comme l'écrit Roger Gal[10] : « Napoléon connaissant l'importance de l'éducation s'en était fort occupé et avait embrigadé par politique l'Université. Mais il ne tenait pas à développer l'enseignement primaire, qu'il avait abandonné à l'initiative privée, c'est-à-dire aux familles et aux corporations religieuses ».

[10] Gal, R., Histoire de l'éducation, Paris, PUF, 1967.

Le dernier pas…

Nous pourrions intituler ce chapitre « victoire de la Révolution » car c'est entre 1815 et 1850 que les grands idéaux révolutionnaires en matière d'éducation vont se concrétiser. Ainsi, les fondateurs, en 1815, de la Société pour l'Instruction Élémentaire, bourgeois et aristocrates, pensaient que l'ignorance du peuple avait été à l'origine des troubles révolutionnaires. Bien évidemment ils ne tenaient nullement à ce que ceux-ci réapparaissent. Cependant cette Société rejoignait dans ses analyses les révolutionnaires de 1789 lorsqu'elle enseignait que l'instruction forme l'esprit public, stabilise la société, accroît le rendement de l'agriculture et de l'industrie. C'est dans ce climat idéologique enclin aux paradoxes et aux contradictions, assez répandu, que l'école primaire va revenir dans le giron de l'État. L'ordonnance du 29 février 1816 réorganise l'École en obligeant, entre autres choses, chaque commune à assurer **l'enseignement gratuit**, et en exigeant des instituteurs qu'ils soient possesseurs d'un brevet de capacité. Ce fut sur ce dernier point que l'Église argumenta son désaccord avec l'ordonnance de 1816. Jusqu'alors l'Église n'exigeait aucunement la possession d'un quelconque diplôme pour ces instituteurs, et voilà qu'on soumettait l'autorisation d'ouvrir et de tenir une école à la possession d'un diplôme, d'État qui plus est ! Où était la liberté d'enseignement ?

Mettant les communes dans l'obligation d'assurer l'enseignement gratuit, l'ordonnance de 1816 ne leur imposait pas de posséder leur propre école. Pourtant à Tullins il semble que la commune ait toujours possédé ses propres bâtiments d'école, installés au même lieu que l'Hôtel de Ville dans l'ancienne propriété des Minimes acquises comme bien national. Quoiqu'il en soit de la nature de l'école installée, publique ou privée, toutes étaient soumises au même type de contrôle, à savoir celui exercé par un comité qui réunissait le curé, le maire, et des notables locaux. Les archives de la ville de Tullins[11] recèlent en leur sein le cahier de délibération du « comité gratuit et de charité du canton de Tullins pour conseiller et encourager l'instruction primaire » qui s'est réuni pour la première fois, sur la convocation du curé de Tullins, le 17 septembre 1816. Ce comité cantonal était composé par :

- Caillet, curé de Tullins, président
- Michalon, maire de Tullins
- Girard, juge de paix
- Farconnet-Richemond, propriétaire
- Triolle, maire de Poliénas
- Mr de Fongalland, maire de Saint-Quentin

La tâche de ce comité était de surveiller et d'encourager l'instruction primaire, mais aussi de donner un avis sur les nominations des instituteurs. Ainsi, le comité a nommé des instituteurs à Tullins, à Cras et à Saint-Quentin ; dans les autres communes du canton il en venait parfois l'hiver quand les travaux agricoles étaient achevés.

À cette même époque on structura les écoles primaires de filles. Bien souvent ce furent des religieuses qui s'en chargeaient comme à Tullins où les Ursulines fondèrent une école de filles. Le conseil municipal rapportait une requête des Dames Ursulines du 1818, dans laquelle elles demandaient à s'installer à Tullins : « Le conseil ayant a délibéré de l'utilité de l'établissement d'une communauté de Dames Ursulines et sur les avantages qu'il procurera à la commune. Considérant qu'il y avait avant la Révolution une semblable communauté à Tullins, qu'elle faisait du bien, soit par un enseignement gratuit pour les jeunes filles

[11] Notamment la série R.

dont les parents étaient dépourvus de moyens, soit en admettant dans la maison de jeunes pensionnaires qui y recevaient les meilleurs principes et de l'instruction, soit par les charités qu'elles distribuaient à la classe indigente. Considérant que le rétablissement d'une pareille communauté donnerait à la commune dont la population a près de 4000 âmes et aux autres communes assez considérables dont elle est avoisinée, l'espoir de voir renouveler les bienfaits sus analysés... » ; les Ursulines s'installèrent en 1820.

L'enseignement qui était dispensé à Tullins comme dans le reste de la France reposait à cette époque sur la méthode dite d'enseignement mutuel. C'est ce que montre la délibération du conseil municipal qui, en 1820, vote une somme de 200 Fr pour l'entretien du logement « du maître d'école professeur d'enseignement mutuel ». D'autre part le registre du comité cantonal nous informe que le 29 septembre 1820 Joseph David a demandé à être instituteur à Tullins. Le comité faisait alors remarquer que dans cette ville « de 4000 âmes il n'existe qu'une école d'enseignement mutuel ». Il semblerait, vu l'exiguïté des locaux utilisés à Tullins, que cet enseignement mutuel n'avait qu'une analogie de principe avec celui venu d'Angleterre et pratiqué dans les grandes villes comme Lyon ou Grenoble. Là, un seul instituteur surveillait jusqu'à 200 élèves. Ce qui toutefois devait demeurer semblable c'était le principe même de la méthode : le maître choisissait quelques élèves dans chaque discipline ; il leur apprenait à apprendre aux autres. Ces élèves prenaient le nom de moniteur

Jusqu'en 1824 les classes resteront en l'état. Puis vint Charles X dont le règne fut marqué par une politique particulièrement réactionnaire qui aurait voulu effacer la Révolution et l'Empire en revenant vers des structures institutionnelles voisines sinon analogues à celles de l'Ancien Régime. L'Église s'inquiétait des méthodes introduites par l'enseignement mutuel à qui elle reprochait d'interdire l'enseignement moral et religieux, et s'était mise en opposition avec le gouvernement. L'arrivée de Charles X lui offrait d'autant plus d'espoir de vaincre qu'elle se savait soutenue par le parti des Ultras. Une ordonnance de 1824 donnera raison à l'église. L'évêque et le curé remirent la main sur l'École. Le brevet de capacité tant contesté disparut en 1826. En 1827 les Ultras perdirent les élections, et d'autre part l'Église n'ayant pas su se donner les moyens de sa politique (en créant, par exemple, des écoles normales pour la formation des instituteurs) : ce fut l'échec. La Monarchie de Juillet, très constitutionnelle, trouvait là l'occasion de remettre, à moindres frais et sans difficulté, sa main étatique sur l'école et l'enseignement.

Le conseil cantonal de Tullins mentionne le 20 octobre 1829 qu'une enquête allait être entreprise afin de prendre des informations sur les écoles :

1) « Sur la moralité, la conduite, les principes religieux et monarchiques des instituteurs,

2) Sur la population de chaque commune, le nombre de naissances, nombre d'enfants des deux sexes, le nombre d'enfants qui fréquentent annuellement les écoles,

3) Le nombre d'instituteurs que réclament les besoins de chaque école,

Messieurs Barral et Turin furent délégués à l'établissement de cette statistique ». Ils remirent leurs travaux en 1831 sous la forme d'un immense tableau dont nous donnons l'essentiel ci-dessous :

Instituteurs	Nombre d'élèves		Élèves gratuits	Prix par mois par élève en francs	Années de service
	Hiver	Été			
Germain	25	18	1	4,00	21
Mappey	60	40	9	1,50	6
Laurent	50	25	3	2,00	11
Institutrices					
Bertin	36	26	6	1,00	5
Lambert	25	10	2	1,00	20
Juster	28	12	2	2,00	19
Cartier		18	2	0,75	3
Ursulines	116	76	110	2,00	11

À cette époque tous les instituteurs tullinois utilisaient la méthode simultanée créée par les Frères des écoles chrétiennes ; sauf Monsieur Laurent qui utilisait encore la méthode mutuelle.

Le vent de réforme ou d'opposition qui avait généré ses études statistiques a marqué les conseils cantonaux d'une empreinte essentielle : leur président n'était plus le curé mais le maire du chef-lieu de canton. Nous retrouvons ceci dans une délibération du conseil cantonal de Tullins en 1830. Cette date marque l'histoire de l'enseignement comme le rappelle Maurice Gontard[12] : « Le mouvement en faveur de l'école s'amplifie après 1830. Les milieux dirigeants de la nouvelle monarchie souhaitent mettre l'instruction au service de la société et de l'État bourgeois. L'école primaire doit être un facteur d'apaisement social et de moralisation, l'instituteur un serviteur éventuel au village contre le prêtre soupçonné de sympathies légitimistes. La loi Guizot du 28 juin 1833, point d'aboutissement de plusieurs projets, impose aux collectivités locales une double obligation… » Concernant

[12] Gontard, M., Histoire de l'Éducation, T3, Paris, PUF, 1981.

Tullins nous trouverons cette double obligation dans la délibération du conseil municipal du 15 mars 1835 relative à « l'organisation de l'école primaire communale », c'est-à-dire la mise en application de la loi Guizot. Ainsi on y trouve : « Il [le maire] a invité le conseil municipal à délibérer :

1) Sur la création d'une école primaire, élémentaire et communale,
2) Sur le choix du sujet à présenter pour être nommé instituteur communal,
3) Sur l'allocation des dépenses indispensables qui se composent, savoir :
    a. Du traitement de l'instituteur fixé par la loi à 200 Frs au moins,
    b. Le loyer d'un local pour recevoir les élèves et pour le logement de l'instituteur,
    c. Mobilier de l'école,
4) Sur la fixation des rétributions mensuelles accordées à l'instituteur pour chaque élève,
5) Sur la désignation des enfants de familles indigentes qui devront recevoir l'instruction gratuitement... ».

On proposa Jean-Baptiste Germain pour être instituteur communal avec un traitement annuel de 200 Frs, et une indemnité de 100 Frs par an pour qu'il se charge de louer un local. Ces sommes seraient pourvues par un centime additionnel qui s'éleva à 321,40 Frs. Il ne fallait que 300 Frs, les 21,40 Frs restants furent employés « à l'achat de livres et de récompenses à accorder aux enfants qui s'en seront rendus les plus dignes par leur progrès et leur bonne conduite ».

Grâce à la loi Guizot la France venait de faire un progrès spectaculaire en matière d'éducation des enfants, mais on était encore très loin de la gratuité totale pour l'ensemble de l'instruction donnée dans toutes les écoles. La délibération que nous rapportons indique dans son article 5 : « la rétribution mensuelle payée par chaque élève est fixée, savoir :

- Pour ceux qui apprennent à lire : 1 Fr,
- Pour ceux qui apprennent à lire et écrire : 1,50 Frs,
- Pour ceux qui apprennent à lire, écrire et calculer : 2 Frs.

Ces rétributions sont augmentées de 0,25 centimes par mois pour les mois de novembre, de décembre, janvier, février et mars moyennant quoi l'instituteur sera chargé des frais de chauffage et ne souffrira que ces élèves apportent du bois ».

Ainsi, l'École s'installa à Tullins avec comme instituteur communal Jean-Baptiste Germain qui prêta serment devant le juge de paix représentant le sous-préfet, le 1er décembre 1835 : « Je jure fidélité au roi des Français, obéissance à la charte constitutionnelle et aux lois du royaume ». Mais pauvre Germain de qui la municipalité voulait qu'il louât lui-même le local d'école. Heureusement la loi vint à son secours sous la forme de l'ordonnance du 25 mai 1838 qui mettait les communes dans l'obligation d'être propriétaire de la maison d'école avant le 1er janvier 1844. Cette ordonnance reprenait l'article 2 de la loi de 1833 qui imposait à la commune de fournir à l'instituteur un local convenablement disposé pour lui servir d'habitation et pour recevoir les élèves. Malgré tout il fallut attendre le 10 mai 1842 pour que la commune de Tullins décida de faire l'acquisition de la maison Nappey située à côté de l'Hôtel de Ville, au bord de la place d'Armes. Un acte signé par Louis-Philippe, et par le ministre de l'Intérieur Duchatet, autorisait, le 15 août 1843, la commune de Tullins à acheter la maison Nappey pour la somme de 9 000 Frs. À ce prix d'achat s'ajoutait le montant des travaux à effectuer ; ce qui représentait une dépense totale de 11 742,50 Frs pour une commune dont le total des recettes budgétaires ne s'élevait qu'à 11 871,60 Frs. La commune demanda et obtint une subvention, d'autant plus facilement que l'État accordait aisément des subventions destinées à « l'instruction ».

Aucune école, autre que celle de l'Hôtel de Ville et celle de la maison Nappey n'apparaît dans les archives communales. Pourtant il est peu probable que ce soit dans l'une comme dans l'autre que l'on logea les sept instituteurs nommés en 1836. Il s'agissait de Joseph Germain (père) instituteur deuxième degré, Jean-Baptiste Germain instituteur communal, Jean-Baptiste Laurent instituteur deuxième degré, Pierre Nappey instituteur premier degré, et trois institutrices non-brevetées : Louise Germain (mère), Marie Juster et Marie Bertin. On peut supposer qu'il y avait une école à Fures, dans le hameau industriel et donc populaire qui connaissait un développement important dû à la révolution industrielle du 19e siècle. N'y avait-il pas aussi une salle d'asile (future école maternelle) ? Quoiqu'il en soit, le 18 mai 1851 on peut lire dans le compte rendu du conseil municipal : « Il est fait un rapport par une commission de sept membres des travaux à exécuter dans les divers bâtiments communaux. Il résulte des conclusions du rapport qu'il serait urgent d'établir une salle pour **l'école laïque** ». On se contenta de quelques travaux pour l'école existante.

Tout semblait aller dans un monde idyllique, mais c'était sans compter sur la guerre scolaire que la Loi Guizot avait ouverte. Tullins n'échappa sans doute pas à cette guerre scolaire, d'autant moins qu'étaient présents les Ursulines, un clergé « virulent » et omniprésent, et que le 6 septembre 1832 la commune avait accédé à la demande du premier vicaire, Barbier, d'ouvrir un collège pour enseigner la grammaire française, grecque et latine, dans la maison de monsieur Triolle. D'autre part plus de 150 enfants pauvres ne recevaient aucune instruction (conseil municipal du 12 décembre 1849). Aussi le conseil municipal « considérant que les charges que la commune devra s'imposer pour ladite école seront compensées par l'instruction qui pourra être donnée à tous les enfants de familles indigentes » (conseil municipal du 11 novembre 1848). C'est donc avec empressement que la commune accepta plusieurs legs en 1848 et 1849 pour que soit créée une école des Frères des Écoles Chrétiennes. Le président de la République, Louis Napoléon Bonaparte, donna son accord le 23 mai 1850 pour que ces legs soient acceptés. Ce fut sans attendre ce décret que la commune acheta 8000 Frs la maison de Vallois (parfois orthographiée Devallois, de Valois ou Devalois) le 5 novembre 1849, et qu'elle vota un crédit de 2500 Frs pour y entamer des travaux. Le 7 avril 1850, ceux-ci ayant été épuisés « Il serait urgent de solder le reste des dépenses faites pour fourniture de mobilier de l'école, pour celui des frères et pour les travaux d'appropriation dans l'établissement », on vota une somme de 2700 Frs au budget additionnel de 1849. Le 19 février 1852, Monsieur Garnier en fonction depuis 1850, prenait officiellement la direction de l'école des Frères des Écoles Chrétiennes à Tullins ; il était aidé par quatre frères.

Trente ans avant les Lois Jules Ferry, Tullins possédait une École qui, semble-t-il, donnait satisfaction aux habitants depuis 1601. Cette école a évolué au fil du temps sous l'impulsion de la modification des idées en suivant la transformation de la société. Elle s'est adaptée en prenant en charge les filles comme les garçons, en dressant des listes de gratuité pour permettre aux enfants des familles les moins aisées d'être accueillis à l'école pour y être instruits. C'est sur ce terreau social que les Lois Jules Ferry durent être mises en œuvre en confirmant ce qui existait déjà et en instituant un nouveau système dans un climat politique parfois houleux. Comment la ville de Tullins a accueilli ces lois ; quelles oppositions ont-elles pu se manifester, quelles difficultés matérielles se sont opposées à l'application de ces lois et a contrario qu'est-ce qui dans l'existant a pu faciliter la mise en œuvre des Lois Jules Ferry, montrant que les grandes réformes scolaires de la fin du 19e siècle étaient inéluctables ?

Deuxième partie

L'application des Lois Jules Ferry à Tullins-Fures

Le 4 février 1879 Jules Ferry est nommé ministre de l'Instruction Publique. Dès lors, le plus important mouvement de réforme du système éducatif de la France se met en action. Tullins, encore appelé Tullins-Fures, avec ses papeteries, ses taillanderies et ses tissages, se place au cinquième rang des villes du département de l'Isère au regard du chiffre de la population en cette année 1879. La ville, bien que gardant un fort caractère rural[13], représente un des pôles industriels les plus importants du département avec une population de 4881 habitants[14].

Nous avons pu voir dans la première partie de ce livre que, sans être précurseur ni exemplaire en la matière, Tullins possédait une école depuis quelques siècles déjà. Les archives[15] en portent une première mention dès 1601. Nous avions également pu montrer que la ville, bien que dauphinoise et proche de Grenoble, n'eut aucune attitude avant-gardiste durant la Révolution. Il semblerait que, bien au contraire, elle ne fut qu'à la remorque de l'ambiance du moment[16] et des lois nationales. Tullins vécut la Révolution quasiment dans une sorte d'indifférence par rapport aux idées du temps, bien que les lois y fussent appliquées avec une ponctualité, une précision, un empressement qui

---

[13] Au sens où existait au sein de la population une forte proportion de paysans (exploitants ou propriétaires » et que l'activité économique de la ville dépendait beaucoup d'activités liées à l'agriculture. Nous empruntons ici à l'article de Référence électronique de Marcel Jollivet, « La "vocation actuelle" de la sociologie rurale », Ruralia, 01 | 1997, mis en ligne le 01 janvier 2003, consulté le 17 novembre 2021. URL : http://journals.openedition.org/ruralia/6

[14] Population de Tullins : 1876 : 4881, 1886 : 4590, 1891 : 4701, 1954 : 4514, 1968 ; 5319, 2018 : 7719.

[15] Archives communales de Tullins, série BB2

[16] Cela même s'il y eut quelques incidents mineurs qui relevaient plus de querelles de bistrots que de mouvements sociaux ou politiques, s'il y eut une cérémonie au cours de laquelle des prêtres prêtèrent le serment républicain et si l'on célébra L'Être Suprême au cours d'une grande fête.

confinaient à l'obséquiosité. Quoi qu'il en soit, l'école, qui semble avoir disparu à Tullins aux premiers temps de la Révolution, réapparut en 1793 conséquemment à la loi du 12 décembre 1792 et à la loi Lanthenas du 30 mai 1793. Sous la pression d'une pétition émanant des "citoyens chefs de famille", le conseil général de la commune accepta de charger Charles Caziot de la mission de l'instruction publique[17] : « Considérant que le citoyen Caziot a donné en cette ville (Montbrison) des preuves de ses talents pour l'éducation de la jeunesse, que du depuis il a toujours fait fonction de précepteur à Montbrison à la satisfaction des habitants de cette ville, a arrêté qu'il verra venir avec plaisir se fixer ici, et en sa faveur provisoirement une gratification annuelle de 150 livres à compter du jour qu'il commencera son instruction publique. »

Les vicissitudes de la période révolutionnaire firent que l'École ne fut que rarement, à Tullins et sans doute ailleurs, le centre des préoccupations des élus du peuple. À tel point que, dès la Révolution éteinte, le conseil municipal s'en émut le 14 février 1801 : « L'instruction publique est un des premiers objets face desquels il faut fixer les yeux... ». La paix intérieure étant revenue l'École se développa en cette cité comme dans le pays. Au début du 19e siècle il existait à Tullins une école « publique » et sans doute une ou plusieurs écoles « privées » dont certaines non-autorisées comme en témoigne une délibération du conseil municipal du 29 décembre 1812[18] : « Le Maire de Tullins informé qu'au mépris des lois et règlements sur l'instruction publique, plusieurs particuliers se permettent de tenir des écoles sans s'être munis préalablement de l'autorisation de Monsieur le Recteur de l'académie de Grenoble et sans le consentement de l'autorité locale ». En 1819, il y avait, à Tullins, trois instituteurs, quatre institutrices et la

[17] Archives communales de Tullins, série D
[18] Archives communales de Tullins, série D

communauté des religieuses Ursulines qui accueillaient 340 élèves l'hiver et 225 l'été dont environ la moitié était des « élèves gratuits ». Arriva la loi Guizot (1833) qui installa, à Tullins, un instituteur communal et une école communale. L'existence de l'école communale laïque n'empêcha en rien la municipalité d'autoriser, voire de favoriser, la création d'une école congréganiste tenue par les Frères des Écoles Chrétiennes en 1850 comme le montre la délibération du conseil municipal du 12 décembre. 1849 à l'occasion de l'acceptation d'un legs en faveur de l'établissement d'une telle école : « Considérant que depuis plusieurs années la commune s'occupe du projet d'élever une école des frères de la doctrine chrétienne, que cet établissement dont l'utilité a déjà été reconnue par le Conseil actuel et par les administrations antérieures, n'a été retardé jusqu'à ce jour que par le défaut de ressources suffisantes pour cet objet ». Ainsi, à l'aube des lois Jules Ferry, la cité offrait au bourg de Tullins une école des Frères des Écoles Chrétiennes, une école laïque, une école libre de garçons, une école de filles et une salle d'asile, et, au hameau de Fures, une école libre de garçons, une école libre de filles et une salle d'asile[19] qui permettaient à 98,5% des enfants de 6 à 13 ans de fréquenter l'école[20].

C'est sur ce terrain particulier où subsistent quelques zones floues faute d'archives suffisantes, que se sont rencontrées les exigences locales et la mise en place des exigences nées des lois Ferry. Il peut être intéressant de voir comment ces lois furent appliquées compte-tenu de ce qu'était la ville de Tullins-Fures à cette époque où elle quittait définitivement un caractère exclusivement rural pour offrir la physionomie d'une cité qui ne trouvera jamais

---

[19] Archives du département de l'Isère et de l'ancienne province du Dauphiné, série T323

[20] Archives du département de l'Isère et de l'ancienne province du Dauphiné, série T258

sa place, son « Moi », entre un caractère rural et un caractère industriel. Tullins dès lors n'était plus rurale, mais jamais elle ne fut exclusivement industrielle.

De tous temps un certain caractère industriel marquait le hameau de Fures au bord de la rivière du même nom. Mais le 19e siècle marqua plus fortement et plus précisément ce faubourg. Notamment, à partir du milieu du 19e siècle, le développement de la sériciculture, puis plus tard celui de la houille blanche firent de Fures un véritable bourg industriel qui vivait mal d'être « négligé par les bourgeois » du bourg de Tullins, d'être spolié du pouvoir décisionnel quant à la vie de la commune. Une guerre d'influence naquit de l'apparition de cette force socio-économique qui revendiquait d'obtenir un peu du pouvoir politique au sein de la commune. Concomitamment le pays vivait l'avènement de la IIIe République.

Notre problématique apparaît donc au carrefour de ces événements et nous amènera à nous interroger sur le fait de savoir comment furent vécues et mises en œuvre les lois Jules Ferry à Tullins-Fures.

Ces lois scolaires de 1881-1882 ne seraient-elles que les filles de la Révolution ? C'est en substance l'idée que traduit R. Hubert[21] : « En trois ans (1792-1795) toutes les questions que le 19e siècle devait à son tour reprendre et tenter de résoudre ont été évoquées, discutées, clarifiées... ». La question serait à débattre tant il est vrai que les partis politiques du 19e siècle revendiquaient de puiser leurs idéaux dans le creuset révolutionnaire comme l'a écrit Alphonse Aulard[22] : « D'ailleurs tous les partis

---

[21] Hubert, R : in Parias, Histoire générale de l'enseignement et de l'éducation en France, Paris, G-V Labat, 1981.

[22] Aulard, A., Histoire politique de la Révolution française, Paris, Armand Colin, 1903.

politiques, dans le XIXe siècle, ont plaidé leur cause par des arguments tirés de faits quelconques, advenus entre 1789 et 1799, et ils ont appelé ces faits, pris au hasard ou ingénieusement choisis : la Révolution Française ». Cependant il ne faudrait pas que nous nous arrêtions à cette citation qui semble, hors de son contexte, réduire la Révolution à des faits quasi anecdotiques que nous qualifierions aujourd'hui de médiatiques. Pour Aulard[23], comme pour beaucoup d'historiens actuels, la Révolution va au-delà des faits qui ne sont que des manifestations de tentatives pour réaliser ou au contraire pour détruire les principes de la Déclaration des Droits de l'Homme. Notre propos ne sera pas ici de discuter de l'œuvre créatrice ou destructrice de la Révolution. D'autant moins que le débat n'est pas clos, et d'ailleurs la célébration de son bicentenaire fut l'occasion de résurgences de querelles d'écoles analysées par Jacques Solé[24]. Mais quoi qu'il en soit de leurs querelles, les écoles semblent s'entendre sur le principe fondateur de la Révolution comme l'écrit J. Solé[25] : « Nos sociétés contemporaines lui doivent le principe d'égalité civile, de la souveraineté nationale, des libertés publiques ou de la laïcité de l'état. [....]. Notre vie publique dépend toujours des principes qu'il a posés et que les générations extérieures ont développés. En ce sens, qu'on l'aime ou non et quoi qu'on en dise, la Révolution française se situe à nos origines ». Et, de fait la Révolution marqua d'une trace indélébile la société française. Ce fut une mutation de la société.

Quelles que soient les mutations que vivent les sociétés, ces dernières préexistent et survivent aux individus. Si on sent bien que les idées de quelques-uns rencontrant, ou se confondant, avec les intérêts plus prosaïques d'autres,

---

23 ibd

24 Solé, J., La Révolution en question, Paris, Seuil, 1988.

25 ibd

génèrent les mutations des sociétés, on perçoit moins bien les conditions de pérennité de celles-ci. Sans doute ceci est-il dû au fait que la société a phagocyté la condition de sa pérennité en l'élevant ou en la réduisant au rang d'élément de ses systèmes de fonctionnement intrinsèques. L'éducation serait en quelque sorte devenue un des membres d'une équation d'enthalpie caractéristique des énergies internes et des pressions extérieures qui président au fonctionnement d'une société. Le dictionnaire Robert définit la société comme étant « un ensemble de personnes entre lesquelles existent des rapports organisés ». Ces rapports qui régissent les relations entre les individus constituant cette société, forment un corpus consensuel qui permet la cohabitation d'individus très différents les uns des autres dans leur être et dans leurs aspirations. La société génère et regroupe des énergies ou systèmes qui permettent à chacun d'y réaliser son projet implicite qui est de vivre en sécurité et d'y trouver la satisfaction de ses besoins fondamentaux. On conçoit dès lors que l'individu se trouve confronté à la nécessité d'appréhender ces systèmes, ces règles sociales et de les faire siens. Or d'évidence le petit d'homme ne naît pas en portant en lui les règles sociales qui lui seront indispensables pour vivre en société. Il a besoin de les apprendre : c'est là le rôle de l'éducation comme le rappelle Mohamed Cherkaoui[26] lorsqu'il donne « au terme éduquer son sens étymologique latin educere, c'est à dire conduire un être non social à devenir social... ». On pressent dès lors le rôle que joue l'éducation dans la pérennité d'une société. C'est par elle que la société préexiste et survit aux individus. L'éducation apparaît alors comme la condition nécessaire de la pérennité de la société ainsi que l'indiquent J. Leif et G. Rustin[27] : « C'est par elle (l'éducation) que

[26] Cherkaoui, M., Sociologie de l'éducation, Paris, PUF,1986.

[27] Leif, J., Rustin, G., Philosophie de l'éducation Tome 1, Paris, Fernand Nathan, 1972.

celles-ci (les sociétés) s'appliquent à maintenir vivant et à affirmer leur idéal, à imposer leur table de valeurs ». Ainsi, l'œuvre laïque de la IIIe République voulait soustraire l'enfant à la tutelle parentale afin d'en faire un citoyen capable de s'affranchir de la mainmise religieuse.

On pourrait voir dans les lignes qui précèdent, où nous parlions de l'éducation, une contradiction avec le désir d'étudier les institutions éducatives. Paradoxe de discours que cela. Il n'existe point d'antilogie entre but et institution dévolue à l'éducation, donc à l'expression du but. Le but est bien le principal de ce qui doit retenir notre réflexion ; ne nous intéresser qu'aux institutions pour elles-mêmes ne serait-ce pas ne faire que de l'anecdotique ? Cependant l'intention profonde quant au but n'est mesurable que par le regard sur la mise en place d'institutions. Notre analyse de la méthode procèderait un peu de celle décrite par Aulard[28] dans l'avertissement de son livre, lorsqu'il écrit qu'il est préférable de s'intéresser aux débats des assemblées plutôt qu'aux mémoires. Pour ce qui nous concerne, il nous semble que les discours des uns et des autres ne sont que déclarations d'intention, développement d'idées, discours à propos d'idéaux. Ce sont bien les lois et surtout leur application qui marquent l'état d'une société à un instant donné. Le fait qu'une assemblée à majorité républicaine ait voté les Lois Jules Ferry, allant même au-delà du projet primitif, montre bien l'intention républicaine. L'application sur le terrain, si l'expression nous est permise, montrerait le degré d'implication et d'adhésion des populations par rapport à ces lois qui, sinon définissent, au moins cernent un projet de société. La non-application, les entraves à l'application montreraient l'existence d'une inadéquation entre l'état d'esprit de la population et la philosophie de ses gouvernants. Nous pourrions nous interroger à ce propos en

[28] Aulard, A., Histoire politique de la Révolution française, Paris, Armand Colin, 1903.

regard de l'état des mentalités tel qu'a pu en parler Théodore Zeldin[29] dans son œuvre « Histoire des passions françaises ». Par exemple, comment furent ressenties les lois scolaires dans un pays où l'idée de nation n'avait guère dépassé le stade du concept défini, jadis, par les révolutionnaires ? C'est ce que pourrait suggérer le début du tome 2 de « Histoire des passions françaises » : « En 1864, un inspecteur d'académie, en tournée dans les monts de la Lozère interrogeait les enfants de l'école d'un village : "Dans quel pays se trouve la Lozère ?" Pas un seul écolier ne put répondre ». Également, et ce sera plus marquant ici, nous mettrons en regard une société, à Tullins-Fures, qui pourrait ne pas paraître à prime abord républicaine, et une certaine attitude semblant avant-gardiste au regard de l'École. En une phrase : quels intérêts avaient certains à ce que les autres, les ouvriers notamment, soient éduqués ?

Pour le pouvoir politique la nécessité de l'éducation se formalise dans le but de former des citoyens comme l'écrit René Rémond[30] : « Ainsi, l'enseignement primaire aura pour mission de donner à chaque homme les rudiments indispensables qui feront de lui un citoyen avisé ». L'intérêt d'une éducation pour tous apparaît tout aussi évident pour les « patrons » de l'industrie. Les manufactures ont grand besoin d'une main-d'œuvre qualifiée. Il est intéressant de voir comment ce besoin peut rejoindre les idées, issues des lumières de la Révolution, développées par les républicains comme Jules Simon[31] : « Un ouvrier instruit est en même temps un ouvrier plus heureux et un meilleur ouvrier : cette double transformation ne fait courir à l'État aucun péril ». Cependant tous ne devaient pas être convaincus qu'un

---

[29] Zeldin, Th., Histoire des passions françaises, Paris, Seuil, 1977 (1980).

[30] Rémond, R., Introduction à l'histoire de notre temps, Tome 2, Paris, Seuil, 1974.

[31] Simon, J., L'école, Paris, Librairie internationale, 1865.

peuple savant ne représentât pas un danger pour le pouvoir. Malgré cette peur, il était impossible, même aux plus conservateurs, de refuser l'école pour tous.

Si chacun était bien convaincu de la nécessité de l'éducation pour tous comme nécessaire condition au développement économique, certains, parmi les possédants (industriels ou rentiers), pouvaient craindre que l'ouvrier instruit tentât de les supplanter. Cette possibilité qu'aurait l'homme instruit de devenir riche, sous-jacente de la notion d'égalité sociale, est clairement développée par des théoriciens comme Jules Simon[32] : « Elle (la richesse intellectuelle) est, après la vertu, le premier des biens, et elle est la source de tous les autres biens », et vraisemblablement l'école ouverte à tous et l'instruction rendue obligatoire contribuèrent sinon à faire naître, du moins à renforcer la « classe ouvrière » qui permit aux ouvriers de jouer un rôle socio-politique important à l'instar de ce qu'en disait en 1890 Monsieur Manceron, ingénieur des cimenteries Vicat[33], à l'occasion d'une communication[34] à l'Académie Delphinale à Grenoble intitulée La question ouvrière : « L'ouvrier est né d'hier à peine, il tend déjà à jouer un rôle prépondérant dans l'histoire ! ». Où, sinon dans l'Église, les possédants du monde économique pouvaient-ils trouver un garde-fou contre ce risque de voir le monde ouvrier revendiquer le pouvoir ? L'Église et les patrons s'allièrent pour instituer, en quelque sorte, un nouvel ordre moral. Évincer les religieux des écoles, et plus encore l'Église du contrôle de l'institution scolaire, c'était prendre le risque de voir disparaître les règles morales qui faisaient du « patron » celui que l'on devait respecter

---

[32] ibd

[33] La Société des Ciments Vicat est une entreprise cimentière fondée par Joseph Vicat en 1853 à Vif (près de Grenoble, dans le département de l'Isère).

[34] De Corcelles, J-J., Grenoble autrefois, Roanne, Horvath, 1988.

comme sous l'ancien régime on honorait le seigneur : le patronat devenait le nouvel ordre établi de droit (peut-être divin) comme l'illustre la citation de John Jay[35] : « Ceux qui possèdent le pays devraient le gouverner ».

Autour des notions que nous venons d'évoquer s'est construit le débat de la question scolaire au 19e siècle, et ce fut là que s'élabora le triptyque fondateur de l'École Républicaine : obligation, gratuité, laïcité. Là était le débat national. En fut-il de même en province, notamment en Isère et plus particulièrement à Tullins-Fures ?

L'interrogation des archives nous a permis d'appréhender l'évolution de la ville et de ses écoles. L'existence d'un journal local aurait pu nous éclairer sur « l'ambiance » qui régnait à Tullins-Fures au 19e siècle. Faute de journal nous avons mené nos investigations dans les grands dossiers conservés aux archives communales de Tullins. Dans un premier temps, pour constituer un fil d'Ariane, nous avons dépouillé les registres des délibérations du conseil municipal. Ainsi se sont faites jour les grandes étapes de la construction scolaire à Tullins. À chaque étape nous avons pu « accrocher » un dossier appartenant spécifiquement aux affaires scolaires et un dossier « accessoire » comme un échange de courrier entre le maire et le curé. C'est dans ces derniers que nous avons puisé l'image de la ville. Ainsi, quasi toutes les séries des archives communales furent mises à contribution à l'exception de la série G qui concerne la fiscalité, et la série E relative à l'état civil[36]. Les archives départementales furent également une source précieuse,

---

[35] John Jay, 1745-1829, secrétaire d'état puis premier président de la Cour Suprême des U.S.A, cité par Julien Claude, Le citoyen à la conquête des pouvoirs, in Le Monde Diplomatique, octobre 1989.

[36] Il n'est pas certain que l'analyse de ces deux séries d'archives ait permis d'éclairer plus notre travail, peut-être permettrait-elle pour un travail plus approfondi à propos de cette ville d'améliorer les données chiffrées.

notamment la série T où se trouvent réunis les versements académique et préfectoral relatifs aux écoles. Une incursion dans la série M (police, élections et statistiques) et la lecture des rares annuaires permit de compléter les données locales. Ainsi nous avons reconstitué l'image de Tullins-Fures au 19e siècle. L'image d'une ville en plein essor, prise dans un mouvement national d'idées, qui vécut un conflit interne de nature à provoquer une interrogation sur l'enjeu que pouvait y représenter l'école. Ce conflit c'est celui qui opposa le bourg principal de Tullins à son hameau de Fures, quasi-bourg satellite et véritable faubourg industriel.

Le faubourg comprend un peu plus du quart de la population, et la presque totalité des industries de la ville, alors que Tullins concentre les « bourgeois » : banquiers, notaires, rentiers et propriétaires ... À première vue on a plutôt de cette ville l'image d'une cité conservatrice où le clergé exerça une forte influence avant la Révolution, influence qui se mua, au moins, en une présence importante après l'Empire. Là étaient les Ursulines, les Trinitaires de Valence, les Chartreux, les frères des Écoles Chrétiennes. Et pourtant dès le milieu du 19e siècle cohabitèrent une école communale laïque et une école communale congréganiste. Curieuse situation que celle-ci que nous allons tenter d'expliquer.

L'hypothèse qui préside à la naissance de notre travail, est que la ville de Tullins-Fures ayant glissé d'un conservatisme, issu de la bourgeoisie rurale, vers un républicanisme quasi militant né en même temps que se développait une néo-bourgeoisie venue du monde de l'industrie, Tullins-Fures devait être le terrain privilégié pour l'application des lois républicaines (1881-1882) relatives à l'École. Il apparaissait alors que nous devions nous pencher sur le fait de savoir, en quelque sorte, comment furent vécues ces lois dans cette ville. Nous aurions dû voir, autour de 1882, un éclatement des réalisations et des décisions en rapport avec l'École. Or ce ne fut pas le cas. Tullins fut-elle en retard, réticente ou tout au contraire avant-gardiste ? L'analyse de la situation économique et politique nous permettra de saisir le climat, l'ambiance de la ville en cette fin de 19e siècle. C'est donc en suivant, chronologiquement, l'évolution de l'École à Tullins-Fures que nous vivrons et analyserons sa politique et son économie. Nous pourrons ainsi mener une analyse corrélative. Nous augmenterons celle-ci par l'étude, également chronologique, de chacun des éléments du triptyque de l'école républicaine : obligation, gratuité, laïcité. Enfin nous nous essaierons à une analyse de l'impact qu'ont eu les lois Ferry par un regard sur l'enquête de fréquentation des écoles et sur l'évolution du niveau d'instruction des jeunes gens recensés pour le service militaire.

Chapitre I : l'histoire d'une école

I - 1 : les créations

Dans une délibération du 12 novembre 1849 le conseil municipal remarquait que plus de 150 enfants pauvres ne recevaient pas d'instruction, et qu'en conséquence il convenait de hâter l'installation des Frères de la Doctrine Chrétienne. À ce stade de notre étude on rencontre quelques difficultés à saisir les raisons de la distance qui se fait jour entre le désir de la municipalité d'avoir une école, en application de la loi Guizot de 1833, et la réalisation des projets municipaux.

La ville avait acquis en 1842 la maison Nappey, à proximité de l'Hôtel de Ville, pour y installer l'école communale. Cependant trois faits sont venus plaider en défaveur du projet d'installation de l'école dans cette maison. Tout d'abord il y eut le montant prohibitif des travaux d'aménagement : 4742,55Frs. Celui-ci s'ajoutant à l'achat qui s'élevait à 9000Frs, mettait en péril le budget communal qui n'atteignait que la somme de 11 871,60Frs en 1843. Toutefois le Maire fut autorisé à signer l'acte d'achat par une délibération en date du 25 janvier 1843. Dans cette même délibération le conseil municipal « sollicite une subvention car la commune va démunir de ses réserves sa trésorerie du fait du transfert hors la zone agglomérée du cimetière et de l'abattoir ... ». Ensuite ce fut l'observation du Recteur[37] qui indique que la salle de 7,80m x 7,30m ne peut pas convenir pour une commune de 4712 habitants qui compte environ 200 garçons d'âge

[37] Archives du département de l'Isère et de l'ancienne province du Dauphiné, série 4T2 323

scolaire. Enfin deux legs furent proposés à l'acceptation du conseil municipal pour la création d'une école des Frères de la Doctrine Chrétienne. Ainsi, le 11 novembre 1848, le conseil municipal accepte le legs de Marie Gallien, s'élevant à 10 000Frs, pour la création d'une école des Frères des Écoles de la Doctrine Chrétienne. Lors de l'acceptation il est écrit dans la délibération « considérant que les charges que la commune de Tullins devra s'imposer pour ladite école seront compensées par l'instruction qui pourra être donnée à tous les enfants indigents ». Puis ce fut le legs Genevay-Montaz. Euphrosine Genevay-Montaz léga à la ville une maison située place de l'église. Les attendus testamentaires autorisaient une vente éventuelle de ladite maison réservant le produit à la création d'une école des Frères. La ville vendit la maison en 1851. Ainsi les legs permirent l'achat et l'aménagement de la maison Devalois (quelques fois libellé De Valois, avec un ou deux l) place de la Halle, au cœur du vieux bourg.

Nous voici éclairés sur la création d'une école à Tullins. Toutefois nous devons nous interroger sur deux points essentiels :

- Financier d'abord : les sommes constituées par le montant des legs et des ventes augmentés des subsides votés par le conseil municipal dépassent largement l'achat de la maison Devalois,
- Ensuite qu'est devenue la maison Nappey ?

Comme le montre l'acte notarié, la maison Devalois ne fut acquise qu'en 1851 pourtant elle fut utilisée dès mars 1850 comme indiqué dans la délibération du Conseil Municipal du 18 février 1852 : « ... que le dit Garnier dirige ladite école depuis l'année 1850 ... ». Que s'est-il donc passé ? Le 5 novembre 1849, après qu'aient été acceptés des legs, le conseil municipal décide d'acquérir la maison Devalois pour la somme de 8000Frs, puis dans sa délibération du 12 novembre 1849 il vote une ligne budgétaire de 2500Frs au budget additionnel pour l'appropriation de ladite maison et l'achat de matériel. On voit bien que la totalité de l'argent perçu n'est pas utilisée : 8000Frs pour l'achat plus 2500Frs pour l'appropriation ne représentent que 10 500Frs ce qui ne dépassent que peu le montant du legs Gallien et n'explique pas l'utilisation de la vente de la maison Genevay-Montaz. Ceci s'explique vraisemblablement par la prudence du conseil municipal qui anticipa les accords et autorisations de l'administration de tutelle, comme le montre la délibération du conseil municipal du 12 novembre 1849 concernant la maison Devalois « sans attendre l'accord d'acquérir ». Effectivement, par exemple, ce ne fut que le 23 juillet 1850 qu'arriva « l'accord d'accepter le legs Gallien » accepté par le conseil municipal dans sa délibération du 11 novembre 1848. Mais, nous le verrons par la suite, la totalité de l'argent sera bien utilisée pour l'école. Il convient d'ailleurs de bien noter que le conseil municipal ira souvent au-delà de ce que lui impose la loi en matière de dépenses pour les écoles.

Quant à la maison Nappey, inutilisée pour l'heure, elle était en quelque sorte mise en réserve pour y installer une école communale laïque. C'est du-moins ce qu'indique la délibération du conseil municipal du 18 mai 1851 : « Dans la même séance, il est fait un rapport par une commission de sept membres sur les travaux à exécuter dans divers bâtiments communaux. Il résulte des conclusions de ce rapport qu'il serait urgent d'établir une salle d'école laïque ; l'école abandonnée à regret à cause de l'exiguïté du bâtiment [...] Est d'avis, qu'une salle destinée à l'école primaire laïque soit construite près la maison Nappey ... ».

Nous voici parvenu en 1852, où une délibération du conseil municipal du 19 février : « institue Monsieur Garnier aux fonctions de Directeur de l'école des frères ». Cette délibération vaut d'être retranscrite en entier car elle retrace les différentes étapes de la création de cette école des frères.

I - 2 : l'école des frères

« L'an mil huit cent cinquante-deux, le 19 février les Maires et adjoints de la commune de Tullins se sont réunis dans le lieu ordinaire des délibérations en suite de la convocation faite par M. le Maire.

Celui-ci a exposé que jusqu'à présent le directeur de l'école des frères de la doctrine chrétienne avait exercé ses fonctions d'une manière non officielle et qu'il importait de régulariser sa position.

1) Il a rappelé que le Conseil Municipal avait dans une délibération du 11 novembre 1848 accepté le legs de 10 000Frs fait par la demoiselle Gallien pour l'établissement d'une école des frères par testament chez Maître Sillan notaire à Tullins du 10 avril 1847.

2) Que le 12 février 1849 le Conseil Municipal accepta le legs de dlle Genevay-Montaz de sa maison pour servir de local ou autre compte dans le prix d'acquisition d'un bâtiment devant servir à une école des frères.

3) Que le 12 avril même année le Conseil Municipal autorisa Mr le Maire à traiter avec Mr de Vallois pour l'acquisition de sa maison au prix de 8000Frs à l'effet de la transformer en bâtiment propre à y installer une école des frères.

4) Que le 5 novembre même année le Conseil délibéra qu'il persistait dans son intention d'acheter la maison de Vallois pour une école des frères.

5) Que le 12 novembre même année le Conseil délibéra qu'une somme de 2500Frs serait employée à l'agencement et à l'appropriation de la maison de Vallois pour la convertir en école des frères.

6) Que le 7 avril 1850 le Conseil délibéra d'employer encore une certaine somme pour l'agencement et appropriation la première se trouvant insuffisante.

7) Que le 21 février 1851 le Conseil donna tout pouvoir à Mr le Maire pour demander l'aliénation de la maison Genevay-Montaz.

8) Enfin que le 18 mai de la même année le Conseil délibéra qu'un crédit d'une somme de 800Frs serait affecté au paiement du mobilier fourni provisoirement à l'école des frères.

Que sur le livre de toutes les délibérations il est facile de voir que le Conseil Municipal avait toujours eu l'intention d'établir à Tullins une école de la doctrine chrétienne ; que cependant le Conseil Municipal ou plutôt le Maire agissant en son nom s'était entendu avec le supérieur de l'institut de l'école des frères de la doctrine chrétienne ; que le dit supérieur avait délégué le sieur André Garnier en religion frère Pontiane pour diriger l'école des frères de Tullins assisté de 4 autres frères du même ordre que lui ; que le dit Garnier dirige la dite école depuis l'année 1850 et que cependant le Conseil Municipal n'a jamais demandé à qui de droit l'institution ministérielle sans laquelle le dit Garnier ne peut valablement exercer sa profession ;

Qu'il importe en conséquence tant dans l'intérêt du dit Garnier que dans celui de la commune d'obtenir de qui de droit l'institution ministérielle du directeur de l'école.

Le Maire a en conséquence engagé MM les adjoints à délibérer de concert avec lui sur cette question importante.

MM les Maire et adjoints après en avoir délibéré ont été d'avis à l'unanimité de demander à qui de droit l'institution ministérielle du sieur André Garnier.

Tous pouvoirs sont donnés au Maire pour remplir les formalités nécessaires.

Suivent les signatures des deux adjoints : MM CHARMEIL et MAY ».

[L'orthographe du texte d'origine est respectée]

Voici l'école des frères bien installée puisque dotée officiellement d'un directeur. Il serait intéressant de savoir si les motifs de l'ouverture de cette école furent motivés par d'autres raisons que par celle imposée par les legs, car les conditions d'installation et de fonctionnement d'une telle école apparaissent comme draconiennes. Nous noterons parmi elles, relevées dans le « Prospectus pour un établissement des Frères des Écoles Chrétiennes » (annexe 1) :

« Les écoles tenues par les Frères du Vénérable de la Salle doivent être parfaitement gratuites, conformément à leurs statuts, c'est à dire que ni les écoliers ni leurs parents ne doivent payer à qui que ce soit aucune rétribution mensuelle. / L'habitation des frères doit être appropriée à la vie commune dont ils font profession, et comprendre : parloir, cuisine, réfectoire, dortoir, chambre d'exercice, chapelle ou oratoire, infirmerie, cave, bûcher, grenier, cours et jardin, puits ou pompe, enfin tout ce qui convient à un établissement de ce genre. Les classes doivent être contiguës au-moins deux à deux, saines, bien aérées, et bien éclairées, avoir un courant d'air ; elles doivent avoir environ 9 mètres de longueur sur 8 mètres de largeur et 4 mètres 30 centimètres de hauteur. / L'Institut n'ayant aucun revenu affecté à la formation des jeunes maîtres, il sera payé une indemnité de 600Frs pour chacun des frères envoyés dans un nouvel établissement, ou dans une maison déjà formée pour en augmenter le personnel. »

À cela il convient, entre autres, d'ajouter le salaire de 600Frs annuels par maître, la somme de 1200Frs par frère pour son voyage, son trousseau et son mobilier lors de son installation. En plus les frères, sous prétexte qu'ils l'entretiennent, acquièrent chaque année le droit à un dixième de la valeur du mobilier existant à l'ouverture de l'établissement.

La lecture de ce document plaiderait en défaveur de l'option économique qui aurait été choisie par la ville de Tullins lorsqu'elle décida l'installation d'une école des frères. Cette école coûtait aussi cher, sinon plus, qu'une école laïque. Toutefois cette analyse est excessivement restrictive, et notamment elle ne met pas en balance les possibilités d'acquérir offertes à la commune par les legs et celles existantes dans le budget. L'achat et l'appropriation de la maison Nappey, décidés en 1842, grevaient dangereusement le budget communal. Longtemps d'ailleurs on en restera à l'achat, remettant aux calendes grecques l'aménagement. Le legs Gallien à lui seul apportait 10 000Frs ; une aubaine puisqu'il s'assortissait de l'obligation d'être utilisé pour une école. L'analyse succincte du livre des mutations de propriétés montre que le prix moyen des habitations pouvant convenir, en volume, pour recevoir une école était d'environ 9000Frs. Mais ce legs, comme celui d'Euphrosine Genevay-Montaz, obligeait à ce que l'école fut une école des Frères de la Doctrine Chrétienne. La municipalité avait-elle vraiment le choix : pouvait-elle persister dans son intention de création d'une école laïque ; pouvait-elle refuser l'école des frères et par-là se démunir des ressources providentielles qu'amenaient les legs ? Nous étudierons plus en détails ce point dans le chapitre sur la « laïcisation » des écoles à Tullins. Pour l'instant revenons à l'évolution de l'école des frères.

Le 19 février 1852, voilà officiellement installé le directeur de cette école ; et tout semble aller pour le mieux. Ce n'est qu'apparence. Le 18 février, Monsieur Garnier, directeur de l'école des frères, adresse une lettre[38] au préfet, dans laquelle, en des termes fermes sinon virulents, il

---

[38] Archives du département de l'Isère et de l'ancienne province du Dauphiné, série 4T2 383

rappelle que les frères ont été appelés à Tullins en janvier 1850 et que le maire leur avait fait promesse d'aménager convenablement les locaux de l'école primaire afin qu'elle puisse accueillir les 312 élèves que comptait la ville. À ce jour, dit-il, les travaux ne sont toujours pas exécutés et les locaux demeurent malsains. D'autre part on ne peut guère y accueillir que 200 élèves répartis dans deux salles. Il achève ainsi sa lettre : « Les exposants se reposent sur votre bienveillante et paternelle administration, Mr le Préfet, à l'effet d'obtenir un prompt accomplissement de l'exécution de ces salles d'étude, afin qu'ils puissent dans cette commune comme dans toutes celles du Département où ils sont établis, travailler avec zèle à l'instruction de la nombreuse jeunesse qui leur est confiée. » L'affaire suivant son cours, dans une lettre[39] adressée au préfet le 16 mars 1852, le maire communique le rapport des trois commissaires nommés par Mr Brotel, commissaire spécial, pour inspecter l'école des frères. Les buts de cette commission étaient d'arrêter les travaux d'appropriation à faire, dresser le devis des réparations et le plan des travaux. Le maire conclut sa lettre en rappelant que l'achat de la maison Devalois a été réalisé grâce à un legs de 10 000Frs et que, une fois l'achat effectué, il ne restait que 800Frs pour les travaux. En conséquence de quoi il sollicitait une aide.

Dans une délibération du 20 mars le conseil municipal remarqua que le préfet avait visité les lieux et promit d'accepter le plan prévu pour un aménagement qui devait permettre d'accueillir 350 enfants. Ce même jour on décida de louer une maison « supplémentaire » pour permettre d'accueillir les enfants en attendant la fin des travaux. D'autre part remarquant que « les formalités n'étant pas complètement remplies Mr De Valois ne peut recevoir le

---

[39] Archives du département de l'Isère et de l'ancienne province du Dauphiné, série 4T2 383

montant de la vente de sa maison », « ne pourrait-on pas utiliser cet argent pour les réparations ? »

C'est cette dernière idée que reprit le préfet dans sa lettre[40] au sous-préfet de Saint-Marcellin : « L'administration locale dont je connais les bonnes dispositions [...] elle n'est arrêtée que par une question financière [...] La somme prévue à l'achat peut être déplacée aux travaux si le vendeur consent un délai pour que la commune se libère [...] ». Mais quoi qu'il en fût des bonnes intentions de la municipalité, les conditions d'hébergement de l'école semblent avoir été assez désastreuses, pire peut-être que ce qu'en disait Mr Garnier si on en croit la lettre du Recteur au préfet en date du 3 juillet 1852[41] dans laquelle il insiste sur la nécessité et l'urgence des travaux à faire. Pour étayer et justifier ses propos il joint le rapport de l'inspecteur primaire de Saint-Marcellin. En substance ce rapport indique que la situation de l'école n'est plus possible et qu'elle présente un danger pour la santé des élèves. Il y a donc « urgence à faire cesser cet état » ... L'école a été ouverte en janvier 1850 à la suite d'un legs, et qu'alors promesse avait été faite « de l'approprier convenablement. Le 20 mai 1852 le Conseil Municipal a voté les réparations pour accueillir 350 élèves, d'autres ne l'ont pas fréquentée faute de place [...] Il y a tout lieu de craindre que si les travaux ne sont pas faits les frères quitteront Tullins. Ce serait une perte pour Tullins car les frères font bien et sont parvenus à réunir un très grand nombre d'élèves, ce qui n'avait jamais existé jusqu'alors à Tullins... ». Suivent alors une description et un plan sommaire de l'école :

---

40 Archives du département de l'Isère et de l'ancienne province du Dauphiné, série 4T2 383

41 Archives du département de l'Isère et de l'ancienne province du Dauphiné, série 4T2 83

L'école comprend deux parties :

I - appartient à la commune

1- une grande salle de classe de 9m x 8m, avec 2 fenêtres au levant, seule salle convenable ; en hiver 75 élèves la fréquentent, « ce qui est trop pour un seul maître » ;

2- une 2e classe de 6m x 6m mal éclairée, avec 2 petites fenêtres au midi ; en hiver 68 élèves la fréquentent, « *ce qui constitue un état de choses insalubre et pour le maître et pour les élèves* » ;

3- le logement des frères (6 pièces) ;

4- en contre-bas un rez-de-chaussée : cuisine et salle à manger ;

II - partie appartenant au curé qui la loue

1- une classe de 7m x 9m pour 92 élèves ;

2- une classe de 115 élèves ; là, en été, on emmène les élèves sous le hangar tellement la chaleur est épouvantable.

Fort heureusement pour sa population scolaire, la ville ne faisait pas que preuve de bonne volonté, elle mettait ses propos en actes, et le 15 août 1853 le conseil municipal approuva[42] le procès-verbal de réception des travaux à l'école. Dès lors l'école fut régulièrement entretenue : par exemple le 10 août 1858 le conseil municipal confirmait la construction d'un préau pour l'école des frères qui avait nécessité la démolition d'un mur de clôture délimitant une allée, et reconnaissait un droit de passage à Mr Marquis-Jayeur ...

Ce "démarrage" difficile de l'école des frères, loin de créer un état de conflit entre eux et la municipalité, semble avoir eu un effet bénéfique en dotant les rapports des deux

[42] Archives communales de Tullins, registre des délibérations du Conseil municipal

parties de bases claires et saines. D'ailleurs les municipalités successives dont nous verrons l'attachement à l'École laïque, ne refusèrent pas, avant 1870, leur confiance aux frères puisque, par exemple, lorsque le hameau de Fures demanda en 1865[43] une école, on s'adressa aux frères. Dans cette délibération on relève les termes suivants : « Par suite de ces dispositions qui augmenteront le travail et la surveillance de Mr le frère Directeur dont le conseil apprécie le zèle et le dévouement ; le conseil lui vote pour 1866 une indemnité de deux cent cinquante francs, à la charge pour lui de continuer sa classe d'adultes et de pourvoir à tous les frais de chauffage et d'éclairage ». De même on peut lire dans la délibération du 28 août 1866 : « Le Maire et le Conseil Municipal ont approuvé dans une délibération le zèle et le dévouement de l'instituteur communal directeur de l'école des frères... ».

Tout alla bien jusqu'en 1870 où le 26 novembre[44] après qu'il eut été décidé d'ouvrir une école laïque, République obligeait, le conseil municipal prit la décision de réduire le nombre de frères et approuvait une lettre que le maire adressait au directeur de l'école : « Par sa délibération en date du 14 septembre présente année, le Conseil Municipal a décidé la création immédiate d'une école laïque.

- Le fonctionnement de cette école entraîne nécessairement la réduction du personnel enseignant de l'école congréganiste et tout en restant dans les termes de la convention du 7 mars 1850, il y a lieu de réduire à partir du 1er janvier 1871 à six le nombre total des frères qui est actuellement de huit.
- L'école du soir devant être faite par l'Instituteur laïque, l'allocation de 350 francs accordée pour cet enseignement à l'école des frères est retirée.

---

43 Ibd, délibération du 6 octobre 1865

44 Archives communales de Tullins, registres des délibérations du Conseil municipal

- Cette modification dans l'enseignement est motivée par la convenance de donner satisfaction à toutes les opinions et l'utilité de créer une émulation favorable au développement de l'instruction, vous y avez déjà contribué par vos efforts sur lesquels je compte comme par le passé. »

On s'installa dès lors dans un statu quo : l'enquête de la commission de l'instruction publique[45] rapportée au conseil municipal le 9 juillet 1871 indiquait : « Les écoles de Fures et de Tullins, dirigées par les frères de la doctrine chrétienne marchent convenablement et dans le rapport matériel rien d'important n'y fait défaut. » Ce ne fut qu'en 1872 que la ville demanda le remplacement des frères[46]. Le préfet sollicita alors l'inspecteur d'Académie pour qu'il diligenta une enquête. Ce dernier, dans son rapport, mentionnait que « Le vœu du conseil municipal ne semble pas être celui de la population ». Malgré tout le conseil municipal décida de supprimer le salaire des frères de son budget, ce qui lui valut une admonestation du sous-préfet qui écrivait[47] au préfet que le conseil municipal de Tullins « ne se trouvait légalement pas en mesure de choisir », et que par conséquent il convenait de rétablir la ligne budgétaire. En 1873, le préfet écrit[48] au sous-préfet pour lui indiquer de transmettre à Tullins que le conseil départemental de l'Instruction Publique a refusé le remplacement de l'enseignement congréganiste par l'enseignement laïque « pour le motif que l'enquête faite sur les lieux montre le vœu formel de la population de maintenir le statu quo ».

---

[45] Archives communales de Tullins, registres des délibérations du Conseil municipal

[46] Archives du département de l'Isère et de l'ancienne province du Dauphiné, série 4T2 383

[47] Archives du département de l'Isère et de l'ancienne province du Dauphiné, série 4T2 383

[48] Archives du département de l'Isère et de l'ancienne province du Dauphiné, série 4T2 383

Nous n'irons pas plus avant ni dans la narration ni dans l'analyse du devenir des Frères à Tullins ; c'est un point que nous détaillerons dans le chapitre traitant de l'école laïque. Mais avant voyons l'évolution des autres écoles : de filles, les salles d'asile, les écoles privées.

I - 3 : les autres écoles

Celles-ci ne représentent pas, avant 1881, un élément majeur par rapport aux écoles de garçons. Toutefois ne pas les étudier serait nous priver de pouvoir cerner l'éventuel “avant-gardisme” de Tullins en matière d'instruction. Nous commencerons par les salles d'asile ; non pas qu'elles possèdent une antériorité dans la chronologie des lois ou dans le fait municipal. Cette antériorité n'est que relative au fil conducteur que nous avons choisi : le dépouillement des délibérations du conseil municipal à partir de 1842. Là nous y voyons apparaître la salle d'asile en 1855. Mais bien avant cette date existait une école qui accueillait les filles chez les dames Ursulines (1820), entre autres.

I - 3 - a : les salles d'asile

Nous ne possédons que très peu de renseignements sur les salles d'asile à Tullins-Fures. S'il est vrai que les précurseurs en la matière remontent à la fin du 18e siècle avec « l'école des commençants » fondée dans les Vosges par le pasteur Oberlin, ou les « salles d'hospitalité » de Madame la Marquise de Pastoret en 1801, on ne peut guère parler de salle d'asile qu'à partir de celle fondée en 1828 par le maire de Paris, Denys Cochin. Ce n'est cependant que l'ordonnance du 22 mars 1837 qui organisa les salles d'asile. Elle définit les salles d'asile comme étant « des établissements charitables où les enfants des deux sexes peuvent être admis pour recevoir les soins de surveillance maternelle et de première éducation que leur âge réclame ».

Nous espérions trouver une création précoce de salle d'asile au regard du zèle que la ville de Tullins semble avoir toujours manifesté à l'égard de l'instruction, et surtout face au développement de l'industrialisation du hameau de Fures qui n'avait en 1805 que 440 habitants, alors qu'en 1856 les industries y employaient 518 salariés. Notons que ces 440 habitants seront multipliés par 2 et demi entre 1805 et 1881 atteignant alors 1110 habitants. Mais, surtout alors qu'ils ne représentaient que 11,72% de la population totale de la commune en 1805, ils en formaient les 23,33% en 1881. Malgré ce que nous pourrions appeler « un terrain favorable », nous ne voyons apparaître la première mention de salle d'asile que le 14 juillet 1855 où le conseil municipal indiquait que l'état financier de la commune ne permet pas d'envisager, comme le suggère le sous-préfet, de construire une salle d'asile. Cependant le conseil se rangea à l'avis de l'autorité supérieure lors de sa réunion du 18 novembre 1855 au cours de laquelle le Maire signala que les Dames de l'hospice (Trinitaires de Valence) acceptaient de recevoir, moyennant 300Frs l'an, les enfants dans une salle de l'hospice. Ainsi, y furent accueillis tous les enfants des deux sexes dont « la garde est onéreuse aux parents », et qui n'étaient pas encore en âge de pouvoir fréquenter les écoles publiques ou privées et « de leur donner l'éducation qui convient à ce premier âge ». Les enfants pauvres ou de familles peu aisées y étaient reçus gratuitement.

Nous cheminerons dans les archives jusqu'en 1868 pour voir apparaître à nouveau une courte intervention concernant la salle d'asile relative au devis supplémentaire des travaux à faire pour son installation dans le même bâtiment que l'école des filles envisagée en 1867. La situation des écoles[49] dressée le 13 février 1869 donne des éléments intéressants.

Il existe une salle d'asile à Tullins, ainsi qu'une à Fures créée le 1er janvier 1869. Dans cette délibération « Le conseil municipal après avoir été bien pénétré des progrès importants signalés par ce rapport en exprime sa satisfaction. Il décide ensuite que les salles d'asile seront dirigées par des dames de l'ordre des Trinitaires ».

La création de ces salles d'asile correspondait bien à un besoin, notamment au faubourg de Fures comme le prouve la délibération du 31 août 1869 où le conseil municipal accepta l'embauche d'une adjointe à la salle d'asile de Fures : « Le nombre d'enfants accueillis s'est accru dans des proportions telles qu'il est indispensable de pourvoir sans retard à la nomination d'une dame sous-directrice ». Il aurait été intéressant de connaître les chiffres de fréquentation à l'ouverture de l'école, malheureusement les archives consultées en étaient dépourvues. Nous possédons cependant le chiffre des inscriptions relevées en fin d'année 1869 : 60 enfants dont 18 garçons et 42 filles (dont, confondus, 25 élèves gratuits) ; en 1870 et 1871 ils furent 79, en 1872 leur nombre atteignait 102. Nous voyons que ces salles d'asile rencontraient un vif succès, si le mot nous est permis. Peut-être est-ce là que s'origine l'amabilité du conseil municipal à l'égard de la directrice de la salle d'asile de Tullins. Il nous semble intéressant de relever, à une époque où les institutrices n'étaient que peu, voire mal, considérées, la délibération de 1869 : « Monsieur le Maire expose à l'assemblée que par arrêté préfectoral du 16 avril 1869 Mademoiselle Terrasson Marie-Julie en religion sœur Marie-Joanna de l'ordre des dames Trinitaires a été nommée Directrice de la salle d'asile de Tullins. Mademoiselle Terrasson ayant été installée dans cette fonction

[49] Archives communales de Tullins, registre des délibérations du Conseil municipal.

antérieurement à la nomination c'est à dire en janvier 1869, il est de toute justice de faire courir son traitement de la même époque. En conséquence Mr le Maire invite l'assemblée à demander à Mr le préfet l'autorisation nécessaire au receveur municipal pour le payement de ce traitement. Après avoir reconnu que Mademoiselle Terrasson a bien été installée réellement le premier janvier 1869 dans ses fonctions de directrice de la salle d'asile de Tullins, le conseil prie Monsieur le Préfet de vouloir bien faire courir le traitement de cette institutrice à partir du premier janvier mil huit cent soixante-neuf, jour de son installation, lequel traitement qui est de neuf cents francs sera pris sur le crédit de 3200 francs porté au budget primitif de 1869 pour traitement de l'institutrice ».

Dès lors les salles d'asile bénéficièrent d'une considération honorable au sein des municipalités successives. En 1871 on décida, plutôt que de réparer, de construire une salle d'asile dans un bâtiment commun avec l'école de filles. Ensuite nous ne trouvons plus que des interventions relatives à la fréquentation, aux travaux et aux nominations des institutrices. Relevons toutefois qu'en 1878 le formulaire où les communes devaient indiquer le budget des écoles ne comportait pas de chapitre réservé aux salles d'asile : à Tullins on l'ajouta au bas de la deuxième page consacrée aux dépenses (annexe 2). En 1881 remarquant que la salle d'asile de Tullins accueillait en moyenne 80 enfants, le conseil municipal décida la nomination d'une adjointe dans cette « ECOLE MATERNELLE ». Cette même année on augmenta de 100Frs, à partir du 1er janvier 1882, le salaire de la « domestique » de la salle d'asile de Tullins. Toujours en 1881 Mme Anne-Marie Liotard, congréganiste Trinitaire, demandait l'ouverture, acceptée par l'inspecteur d'Académie, d'une salle d'asile. Dans le même courant, celui d'ouverture d'école libre à partir de 1881, nous verrons dans un chapitre ultérieur la demande des sœurs Ursulines de Tullins.

Voilà contée l'histoire de l'école maternelle à Tullins-Fures. Bien qu'elle soit d'apparition tardive, nous avons pu mesurer l'intérêt qu'elle suscita et le soin que lui apportèrent les municipalités. En fut-il de même pour les écoles de filles ?

I - 3 - b : les écoles de filles

La loi Guizot de 1833 ne réservait aucune place aux écoles de filles. Ce n'est que par une ordonnance prise le 23 juin 1836 que l'on s'intéressa à elles, comme dans une sorte d'addendum réparateur d'un oubli. Cependant si cette ordonnance étendait aux écoles de filles les dispositions de la loi, elle le faisait sans rendre obligatoire, pour les communes, ni la possession ni même la création d'école de filles. À Tullins-Fures ce ne fut que le 4 mai 1859 que, pour la première fois, on débattit en conseil municipal de la nécessité d'ouvrir une école communale de filles[50] : « Monsieur le Maire expose encore au conseil que d'après le rapport de Mr l'Inspecteur des écoles primaires, il importerait que le conseil municipal de Tullins vote une subvention pour l'établissement d'une école communale de filles où seraient reçus gratuitement les enfants du sexe, de parents peu aisés. Le conseil tout en admettant les avantages d'une institution semblable reconnaît l'impossibilité d'établir une nouvelle charge communale attendu les faibles ressources dont elle dispose et qui sont loin de satisfaire ses besoins actuels ; est d'avis de modifier le traitement fait aux frères de la doctrine chrétienne et d'aviser aux moyens de répondre à la fois aux besoins des écoles des deux sexes. [...] En conséquence, le conseil vote en dépenses 1800Frs

---

[50] Archives communales de Tullins, registre des délibérations du Conseil municipal.

pour le traitement des frères et porte celle de 1000Frs en recette au chapitre des crédits résultants des rétributions scolaires ; l'excédent, s'il y en a un, comme on peut le présumer sera toujours consacré à l'enseignement et ne pourra en être détourné. Le budget des dépenses ainsi allégé permet au conseil de pouvoir voter la somme de 300Frs pour le traitement d'une institutrice communale, et dans laquelle école seront également reçues comme dans celle des garçons les enfants du sexe dont les parents sont peu aisés et selon le même mode d'admission. Le conseil engage Mr le maire à faire auprès de l'administration supérieure les démarches nécessaires pour qu'une école communale de filles soit établie à Tullins le premier novembre prochain ».

Nous nous étonnerons du retard pris par cette ville pour ouvrir une école communale pour les filles. Car si l'ordonnance de 1836 n'en faisait pas obligation, la loi Falloux de 1850 exigeait que toutes les communes de plus de 800 habitants en possèdent une. Cependant, rappelons, à la décharge de Tullins, que depuis 1820 les Ursulines dirigeaient une école où elles devaient accueillir gratuitement, aux termes d'un legs, les jeunes filles pauvres. L'état des fréquentations de 1829 indique qu'elles recevaient 116 élèves en hiver, 76 en été, dont 110 élèves gratuites. Bien qu'incomplètes et imprécises, les statistiques de la série T495 des archives départementales de l'Isère inscrivent pour 1868 un effectif de 172 élèves dont 72 pensionnaires et 60 élèves gratuites « en vertu d'un legs ». Il est donc peu vraisemblable que les Ursulines n'aient pas accueilli les enfants pauvres. De façon synthétique disons que la commune n'avait pas « besoin » d'ouvrir une école de filles ; cette mission étant remplie par les Ursulines. Mais à Tullins, comme bien souvent ailleurs, l'inspecteur primaire avait pour devoir de rappeler à la commune ses obligations définies par la Loi. Rappelons encore à la décharge de la ville, qu'à Fures Mademoiselle Platel tenait une école de filles où elle recevait 8 élèves gratuites. À ce titre elle demanda, en 1855, une indemnité de logement. Dans sa délibération du 13 mai le conseil municipal lui accorda 84Frs d'indemnité « de logement et de reconnaissance ».

Enfin voilà l'école communale de filles créée. On l'installa dans une salle attenante à l'hospice, comme la salle d'asile. Mais le 22 mai 1867[51] le maire informe son conseil qu'un rapport de l'inspecteur départemental sur l'hospice de Tullins, signale de « nouveau l'inconvénient des écoles de filles attenant à cet établissement : les malades sont fort incommodés du voisinage bruyant et d'autre part les enfants n'ont pas de préau pour leur récréation ». À ce rapport le conseil répondit de façon éloquente : « La sollicitude de l'administration supérieure manifestée récemment par la loi du 10 avril 1867 à l'égard de l'éducation de filles nous fait un devoir de procurer à celles-ci des conditions d'éducation plus favorables sous tous les rapports et notamment sous celui de la gratuité » ; et décida d'acheter une maison afin qu'y soient installées l'écoles des filles et la salle d'asile. Le même jour il fut décidé que les sœurs trinitaires continueront leur travail, et l'on vota une somme pour « le traitement des ouvrières chargées de l'enseignement des travaux d'aiguilles ». Le préfet accepta, par arrêté du 29 décembre 1867, l'achat de la maison Mialon pour la somme de 4500Frs : « La commune en faisant cet achat a pour but de rendre au service hospitalier le local que l'école de filles occupe dans les locaux de l'hospice ».

La facilité avec laquelle fut créée l'école de filles n'est qu'apparente. Le 16 novembre 1867[52] le maire indiquait « les difficultés qu'il a éprouvées dans la transformation de l'école des filles ». Ces difficultés provenaient surtout de ce

---

[51] Archives communales de Tullins, registre des délibérations du Conseil municipal.
[52] Ibd.

que la reprise par la commune apportait un déficit dans la situation financière de l'hospice « qui en profite ». Cet incident fut rapidement réglé, mais il montre l'importance de l'aspect « économique » tant pour les communes souvent dépourvues de ressources suffisantes pour assurer elles-mêmes la gestion d'une école de filles, que pour les congrégations. Il illustre cette « misère budgétaire » évoquée par Fabienne Reboul-Scherrer[53] dans son livre. Il est par ailleurs intéressant de remarquer la sollicitude que la municipalité déploie à l'égard des filles en cette années 1867[54] : « Il faut reconnaître que quelques élèves de Tullins reçoivent l'instruction gratuite au couvent des Ursulines et que celles de Fures par leur éloignement ne peuvent profiter des mêmes faveurs ; qu'il importerait donc de transformer dès à présent l'école de filles de Fures en école communale sous la direction des sœurs Trinitaires, sauf à ajourner à l'an prochain la reprise complète des écoles de Tullins. Qu'à cet effet il est entendu avec l'administration hospitalière qui consent à céder l'école de Fures dès les premiers jours de janvier prochain et à subroger la commune du bail de cette maison ». Nous n'avons pas retrouvé la date exacte à laquelle les Trinitaires avaient ouvert cette école à Fures. Peu importe, car ce qui, ici, est plus important c'est de noter le transfert de l'école de Fures de la gestion « hospitalière et privée », à la gestion communale dès le 1er janvier 1868. S'agissait-il là d'un zèle particulier à appliquer la loi de 1867 ? Il est difficile d'infirmer cette hypothèse, mais nous émettrons quelques réserves car la période de 1865 à 1870 fut marquée par l'antagonisme, désormais structuré, entre le bourg de Tullins et son faubourg industriel Fures. À cette époque la municipalité essaya de désamorcer les velléités

[53] Reboul-Scherrer, F., La vie quotidienne des premiers instituteurs, Paris, Hachette, 1989.
[54] Archives communales de Tullins, registre des délibérations du Conseil municipal du 16 novembre 1867.

séparatistes de Fures en accordant aux habitants du faubourg des améliorations de son cadre de vie.

Malgré la bonne volonté de la municipalité qui obtint entre autres en 1869 que soit payé le retard de salaire de la directrice de l'école de Fures, qui décida d'agrandir l'école, il va se déclencher une incroyable « bataille » autour de l'école de filles de Fures.

Notons dès à présent que jamais l'institution ne fut en cause, mais la « haine » des uns envers les autres se cristallisa autour de l'aménagement puis de la construction d'une école de filles que chacun s'accordait cependant à reconnaître comme indispensable. Tout commença le 27 novembre 1869 : le propriétaire des bâtiments recevant l'école, Mr Amédée Barral, a consenti à effectuer des travaux jusqu'à concurrence de 1200Frs pour l'appropriation du logement de l'institutrice sous la condition que le prix du bail soit augmenté de 284Frs à 340Frs à partir du 1er novembre 1869. Jusque-là les institutrices étaient logées et nourries à l'hôpital[55], or il apparaissait aux élus qu'il aurait été bien qu'elles logeassent à Fures. Outre que Mr Barral mettait peu d'empressement à faire exécuter les travaux prévus, une sorte de flou ou de pagaille s'installait à Fures autour du projet pour l'école, illustrant sans doute la précipitation dans laquelle la municipalité procédait à l'ouverture des écoles au faubourg. Mais pour l'école de filles comme pour la salle d'asile il fallait aller au plus vite pour éviter de mécontenter une population du faubourg dont on craignait qu'elle se sépare du bourg. Nous aurons l'occasion de revenir avec plus de détails sur cette « affaire » de la

[55] L'hôpital, après avoir été rue Pina au bourg de Tullins, a été déplacé en 1822 rue du Dauphiné (actuellement rue Jules Cazeneuve). L'hôpital actuel, entre Fures et Tullins, au pied de l'Hôtel de ville, fut inauguré en 1898 ; il a été réorganisé et son architecture modifiée en 2015. Seule la chapelle a été conservée.

séparation de Fures et de Tullins. Aussi nous nous contenterons d'apporter un seul élément, mais essentiel, pour éclairer la compréhension du problème : la quasi-totalité des commerces se trouvait au bourg de Tullins, aussi amputer la ville du quart de sa population aurait porté un rude coup à ce commerce. Laissons là ce dossier de la séparation de Fures et de Tullins pour revenir à celui de l'école de filles.

Le propriétaire du bâtiment, Amédée Barral, mettait peu d'empressement à faire effectuer les travaux qu'il avait pourtant acceptés. Là, arrive l'année 1870, la guerre puis la République. Ce n'est qu'en 1871 qu'à nouveau apparaît l'école de filles de Fures dans les délibérations du conseil municipal. Le 9 juillet 1871 la commission de l'instruction dressait, dans un rapport détaillé, la situation des écoles de la ville. La commission constatait que l'école de filles et la salle d'asile donnaient toute satisfaction quant à leur installation, mais celles de Fures « laissent à désirer, seulement pour le local, les salles sont trop étroites, peu proportionnées au nombre d'élèves... ». Face à l'ampleur des travaux à effectuer, le conseil municipal décida le 26 août 1871 la construction d'une salle d'asile à Fures. Le 3 novembre 1872 on demanda au préfet une subvention pour faire construire en régie du mobilier pour cette salle d'asile ; une souscription qui rapporta 710Frs vint augmenter cette subvention. En fait de construction il ne s'agissait que de l'aménagement d'un local attenant à l'école de filles. Puis « tomba une véritable bombe » : l'inspecteur primaire demanda le 17 mai 1874 que la municipalité améliore soit le logement de l'institutrice soit la salle d'école et le préau à l'école de filles de Fures. Le conseil municipal appréciant la dégradation et l'insuffisance de bâtiment décida de tenter auprès du propriétaire l'achat de la maison. Malgré la bonne volonté des municipalités successives, il ne fallut pas moins de 16 ans pour aboutir à la construction d'une école de filles convenable (voir encadré p88). Pourtant certains maires insistèrent tout particulièrement pour que l'on conclut l'affaire, à l'exemple du républicain Mr Chevalier qui lors de la séance du conseil municipal du 8 février 1878 déclarait : « Une loi qui ouvre un crédit de 104 millions de francs aux communes pour constructions de maisons d'école a été votée à l'unanimité par la Chambre des Députés. Nous serions, Messieurs, bien indifférents et surtout blâmables si nous laissions échapper les avantages que cette loi nous offre. Emprunt de remboursement facile et peu onéreux Je vous prie donc de hâter l'étude de cette question, car certainement ces fonds seront vite absorbés par de nombreuses demandes. Vous rendrez ainsi satisfaction à un tiers de la population et enlèverez ces barrières qui menacent continuellement de diviser une des plus belles communes du département » ... Insistant pour qu'aboutisse le projet Barral/Vignard, Mr Chevalier fut soutenu par le rapport de l'inspecteur d'académie en date du 11 janvier 1878. Il fallut tout le poids de l'administration pour accélérer les choses comme le montre la lettre que le sous-préfet de Saint-Marcellin adresse au maire le 10 janvier 1880. Monsieur Mannecy, industriel à Fures et virulent opposant aux municipalités, proposa le 14 mai 1881 d'acquérir la propriété de Mr Amédée Barral. Il ne fut pas suivi, et représenta sa demande le 21 mai. Ce jour-là le maire se retrancha derrière l'avis du préfet qui devait venir en visite dans la ville. Ce ne fut que le 11 octobre 1881 qu'il semble que le conseil municipal se mit d'accord sur l'avant-projet des architectes Chatrousse et Ricoud relatif au terrain de Amédée Barral.

À cette même époque comme le montre l'annexe 3 la ville décida d'importants travaux d'aménagement de l'école de filles de Tullins. Ainsi l'école de filles de Tullins « s'améliorait » et l'affaire de Fures vivait sa conclusion puisque c'est en 1882 que l'on décida de la procédure d'expropriation de Mr Amédée Barral[56] et qu'on demanda une subvention de 90 613Frs pour les projets d'écoles à Fures et d'aménagement de l'école de filles de Tullins. Cette année-là, la ville consacra 16 450Frs aux écoles sur un budget primitif de 75 888,50Frs.

Malgré toute la bonne volonté de chacun, le problème financier étant là, il fallut encore 9 ans avant de pouvoir inaugurer le groupe scolaire ; car d'une école de filles à Fures la commune était passé à l'idée d'un groupe scolaire en 1887[57] sur proposition du maire. Le conseil municipal vota un emprunt de 82 000Frs auprès du Crédit Foncier, remboursable en 30 ans au moyen d'une imposition extraordinaire de 8 centimes additionnels et d'une subvention de l'État de 32%.

Ce groupe scolaire fut inauguré le 21 septembre 1890.

La difficulté pour le choix de l'emplacement de l'école de filles de Fures trouve bien son origine dans le débat autour de la séparation de Fures et de Tullins. Les nombreuses manifestations de mécontentements et de désaccord manifestées dans les minutes des enquêtes montrent bien, et les commissaires enquêteurs l'ont relevé, combien les populations semblaient sensibles à la pression des industriels de Fures comme l'indique la délibération du conseil municipal du 10 mai 1877 : « les protestants[58] ont subi l'influence des promoteurs de l'idée séparatistes » parmi lesquels on comptait Mr Mannecy. Nous analyserons, ultérieurement, l'origine, politique notamment, de l'ambition de ces industriels qui cherchaient

---

[56] Archives communales de Tullins, registre des délibérations du Conseil municipal du 14 mai 1882.

[57] Archives communales de Tullins, registre des délibérations du Conseil municipal du 23 décembre 1887.

[58] On ne sait pas bien si ce terme désigne les personnes qui protestaient, ou celles qui appartenaient à la religion Protestante.

à accéder au pouvoir municipal au risque d'une sécession entre les deux bourgs de la ville.

L'école de filles de Fures : 16 ans de gestation

Le 2 août 1874 le conseil municipal est réuni sous la présidence de son maire, Régis Masson, qui ouvre la séance par la lecture d'une lettre de l'inspecteur primaire qui signale la nécessité d'améliorer l'état des bâtiments de l'école de filles de Fures.

Le conseil décide de déléguer la commission de l'instruction auprès du propriétaire, Mr Barral, afin d'en déterminer avec lui les conditions d'achat. On décida d'acquérir le bâtiment et de l'accommoder, ainsi que d'acheter une parcelle de terrain attenante appartenant à Mr Vignard, maréchal-ferrant.

D'accord en 1874, Mr Barral se rétracte en 1876 étant en désaccord avec les modalités de paiement. La ville envisage alors de construire une école de filles sur un terrain acquis à Jean Couchon. Mais une vive protestation des « Furatiers » opposant que l'éloignement de l'école du centre de Fures serait néfaste à la scolarisation des enfants, fait renoncer au projet. D'autant que l'inspecteur d'académie partage l'avis des pétitionnaires dans un rapport du 30 juillet 1877.

Face à l'insistance de l'administration centrale, le conseil municipal reprend le projet Barral/Vignard qui est refusé par l'inspecteur d'académie sous le prétexte de l'insalubrité du site voisin : une porcherie !

On pense alors construire sur un terrain en bordure de la route de Renage, à l'entrée des gorges de la Fure aux Balmes. Ce projet fut rapidement abandonné. En 1881 la commune décida d'acquérir un terrain appartenant à Amédée Barral. Il fallut 9 ans d'intervention auprès des administrations pour obtenir des subventions. Ces neuf années furent émaillées de nombreuses discussions avec le propriétaire et d'une procédure d'expropriation.

Mr Perrin, maire, inaugura le GROUPE SCOLAIRE DE FURES le 21 septembre 1890.

I - 3 - c : les écoles privées

L'étude des écoles privées (ou libres) rentre indirectement dans le cadre de notre sujet. Ne pas essayer d'en repérer l'existence au cours de la période qui nous intéresse à Tullins-Fures serait nous priver d'un élément d'analyse. Effectivement l'existence de telles écoles a pu induire au sein de la commune un manque d'ardeur à créer des écoles communales, surtout lorsque se présentaient des difficultés financières.

Peu avant la promulgation de la loi Guizot il y avait à Tullins[59] en 1831 :

	Élèves en hiver	Élèves en été
3 instituteurs	135	83
3 institutrices	89	
4 institutrices (depuis mars)		66
Les Ursulines	115	76

Il n'y avait donc pas péril que les enfants de la commune fussent dépourvus d'instruction. En 1842 la ville avait décidé d'acquérir la maison de monsieur Nappey (celui-ci étant l'instituteur qui recevait le plus d'enfants) pour y installer l'école communale. Nous n'avons pas, à ce jour, retrouvé dans les archives de traces fiables de ces écoles privées ni de leurs instituteurs, à l'exception des Ursulines dont nous avons parlé à l'occasion de l'école de filles. Dans ce chapitre nous avions également évoqué l'existence, à Fures en 1855, de la classe de Mademoiselle Platel dont cependant nous ignorons l'effectif précis.

---

59 Archives Communales de Tullins, série R

En 1856 monsieur Guillet écrivait au préfet[60]. Instituteur à Vinay (commune à 13 km de Tullins) il désirait ouvrir une école à Tullins. Dans cette lettre il se plaignait de ce que l'inspecteur d'académie lui avait fait savoir qu'il n'aurait pas envoyé son dossier à la Préfecture, or lui-même, écrivait-il, ne l'avait pas reçu. C'est là tout ce que nous savons de Mr Guillet et de son école. Cependant nous connaissons plus de détails sur la demande de monsieur Magnin. La série 4T2-383 des archives départementales nous livre les tenants d'un litige qui opposa ce monsieur avec l'administration. Plusieurs habitants de la commune demandèrent par une pétition qui reçut 93 signatures, à ce que Mr Magnin, instituteur, fut autorisé à ouvrir une école libre en 1860. En réponse le préfet sollicita le sous-préfet pour qu'il indiquât au maire qu'en raison des antécédents du sieur Magnin celui-ci ne saurait être autorisé à ouvrir une école. Par ailleurs monsieur Vieux-Poule (ou Vieux) se plaignait au préfet (le 4 juin 1860) de ce que monsieur Magnin se disait autorisé, et que d'autre part ce triste individu avait quitté son épouse pour vivre avec une concubine. Dans une autre lettre monsieur Vieux-Poule confirmait au préfet qu'il avait renoncé à toute collaboration avec monsieur Magnin le 22 décembre 1859. Bien entendu monsieur Magnin avait fait appel des décisions de l'administration préfectorale. Il introduisit un recours auprès du ministre de l'Instruction Publique qui, dans une lettre détaillée au préfet, indiquait les raisons qui lui firent rejeter le recours de monsieur Magnin : « Celui-ci avait été condamné à 6 jours d'emprisonnement pour contravention à la loi sur l'enseignement [il avait ouvert une école sans autorisation], bien qu'ayant été instituteur public il avait été révoqué en “raison de l'exaltation de ses opinions politiques”, puis

[60] Archives du département de l'Isère et de l'ancienne province du Dauphiné, série 4T2 383

instituteur libre à Tullins il subit sa première condamnation pour ouverture illégale d'une école, il ouvrit une industrie qui fit faillite, il essaya de revenir à l'enseignement sous le couvert de monsieur Vieux-Poule avec qui il s'associa, puis ils se brouillèrent ; ce fut la séparation d'autant que le conseil départemental de l'instruction avait rejeté leur association. » D'autre part les différents rapports remarquent que monsieur Magnin était signalé pour ses opinions politiques et ses liaisons avec des hommes du désordre. Quoiqu'il en soit de ce triste sire, monsieur Vieux-Poule fut autorisé à ouvrir son école dans la maison Gruizard, Grand-Rue à Tullins. Dans sa délibération du 30 septembre 1860 le conseil municipal se montrait « heureux de voir les moyens d'instruction se multiplier... ». On trouvera en annexe 4 le prospectus pour l'ouverture du pensionnat de MM Vieux et Magnin.

On comprend bien que les archives communales, notamment les délibérations du conseil municipal, puissent être muettes à propos des écoles privées ; heureusement les archives départementales nous apportent une lumière intéressante bien que ténue. L'enquête réalisée en 1880[61] pour la classification des écoles n'indique qu'une école libre laïque de garçons au bourg ainsi que l'externat cloîtré et l'internat des Ursulines. Nous aurions voulu avoir plus de précisions, notamment ce qu'était devenu Monsieur Vieux-Poule, car vraisemblablement l'école mentionnée dans l'enquête ne devait être que celle que monsieur Perron avait ouverte en 1868. Pour l'anecdote notons que monsieur Perron avait 71 ans en 1880 et qu'il exerçait encore, recevant 15 élèves dont 8 pensionnaires. À partir de 1881, les religieux demandèrent, en masse, l'autorisation d'ouvrir des écoles libres.

---

[61] Archives du département de l'Isère et de l'ancienne province du Dauphiné, série 1T29

Nous venons de retracer l'histoire des écoles à Tullins-Fures, depuis leur origine connue jusqu'à l'aube des lois Jules Ferry. Au cours de cette évocation nous avons rencontré les points de questionnement relatifs à notre problématique :

- Les problèmes financiers que rencontrait la commune comme lorsqu'il fallut choisir entre le projet d'une école communale laïque et une école de frères ;
- Les problèmes idéologiques lorsqu'on décida d'avoir une école laïque à côté de celle des frères bien que toutes deux dussent demeurer communales ;
- Les problèmes de politique locale manifestés par la demande de séparation de Fures et de Tullins évoquée à l'occasion de l'étude de la création de l'école de filles.

Dans les chapitres suivants nous allons analyser chacun de ces points : voir pourquoi ils sont apparus, comment ils ont été traités, et quels hommes dirigeaient les destinées de la ville. Nous le ferons en regard de l'apparition des trois éléments fondamentaux des lois scolaires de 1881 et de 1882 qui chacun, nous semble-t-il, repose sur des données « idéologiques » différentes. Par exemple, vouloir la gratuité de l'école ne suppose pas les mêmes engagements que la laïcité ou l'obligation d'instruction. L'instauration de la gratuité se confronte essentiellement à un problème économique pour les communes ; vouloir la laïcisation des écoles c'est remettre en cause l'hégémonie des religieux. Il est donc important de mettre chacun de ces éléments en regard des développements de la vie politique de Tullins-Fures.

Chapitre II : la laïcité

En 1842, pour se mettre en conformité avec la loi Guizot, la ville de Tullins décidait d'acquérir la « maison Nappey » afin d'y installer une école communale. Dans un premier temps, celui de la décision d'acquérir le bâtiment, il n'apparaît pas de prise de position quant à la laïcité du personnel qui devait être choisi pour le fonctionnement de cette école. Pas plus qu'il est fait mention du désir de voir s'y installer des religieux. L'un comme l'autre de ces aspects ne permettent pas de nous positionner, a priori, sur le désir de la municipalité. Ce n'est qu'au détour de l'acceptation du legs « Marie Gallien » que nous pouvons aller plus avant dans nos questionnements et voir poindre quelques éléments de réponse. Effectivement c'est en 1842 que la municipalité s'était prononcée pour l'acquisition de la maison Nappey qui fut réalisée, mais ce ne fut qu'en 1850 qu'une école communale ouvrit ses portes aux garçons de la ville. Nous avons montré dans le chapitre précédant que l'aspect financier des opérations de création et de fonctionnement d'une école avait largement plaidé en faveur de l'installation des frères des Écoles de la Doctrine Chrétienne, soutenue par le versement d'un legs. Le choix de cette option qui a été fait pour des raisons de finances communales ne nous permet donc pas de positionner de façon affirmative, claire et définitive la municipalité face à la laïcité de l'école. Jusque-là nous ne possédons toujours pas d'élément suffisant pour affirmer que Tullins fut en faveur d'une école laïque ; tout au plus peut-on penser que la municipalité ne manifestait pas d'hostilité fondamentale aux écoles congréganistes.

Nous ne possédons pas de renseignements précis sur la « coloration » politique du conseil municipal de cette époque, ce qui rend hasardeux toute extrapolation des faits. À peine est-il intéressant de remarquer que parmi les 23 membres du conseil municipal installé le 11 octobre 1846 se trouvent les quatre personnes qui formeront, en 1848, la commission consultative mise en place 6 jours après l'insurrection de Paris. La restriction dans l'intérêt de la remarque tient au fait que parmi les quatre membres de la commission : François Buisson, Régis Masson, Joseph Sillan et Alphonse de Bressieux, seuls les deux premiers seront maintenus en fonction par le commissaire de la République en avril 1848, et que d'eux seuls nous pouvons être certain des engagements politiques. François Buisson fut un des membres fondateurs du Parti Socialiste en Isère, quant à Régis Masson, indiqué dans deux rapports (1858 et 1871) comme étant républicain radical et qui fut maire de juin 1855 à septembre 1858, il est ainsi décrit par le lieutenant commandant la compagnie de gendarmerie de Saint-Marcellin dans un rapport daté du 6 janvier 1858[62] : « Mr le Maire Masson qui depuis la révolution de février 1848, exerce malheureusement une funeste et fâcheuse influence sur la classe la moins honorable du pays ... ». Régis Masson convaincu, en quelque sorte, de républicanisme et confondu d'appartenir à la sédition fut révoqué en décembre 1851. Peut-être peut-on aller un peu plus loin sur l'amalgame qui aurait existé entre des idées « laïcistes » et la couleur politique du conseil municipal en précisant que six autres membres de la commission administrative d'avril 1848 avaient appartenu, eux aussi, au conseil municipal de 1846. Nous demeurons donc dans une expectative prudente, d'autant que les différentes élections qui suivirent ne nous apportent guère d'éclairage. Tout au

[62] Archives du département de l'Isère et de l'ancienne province du Dauphiné, série 15M82

plus retiendrons-nous les « législatives » de l'été 1848 à propos desquelles, lors de la constitution du bureau électoral de Tullins, le conseil municipal choisit comme secrétaire l'abbé Koenig. Outre l'aspect fantasque de ce personnage dont nous parlerons plus loin, nous remarquerons que ce choix marque bien, si besoin est, que les intérêts et les collusions locaux demeurent souvent très éloignés des idéaux des partis politiques et de leurs engagements nationaux.

Maintenant que nous voilà instruits, sinon par le menu du-moins dans une approche prudente, de la couleur politique locale, revenons à la « laïcité de l'école ». Rien donc ne nous a permis jusqu'en 1848 de définir clairement les idéaux de la municipalité, pas plus que de corroborer ses choix au regard d'une appartenance politique. Mais voilà que le 18 mai 1851 le conseil municipal prend une délibération remarquable : « Il est fait rapport par une commission de 7 membres des travaux à exécuter dans divers bâtiments communaux ... il résulte des conclusions du rapport qu'il serait urgent d'établir une salle d'école laïque. École abandonnée à regret à cause de l'exiguïté des bâtiments ». Cette délibération soulève deux remarques :

- Sa place dans l'histoire communale : nous sommes à cette date sous le régime du conseil municipal élu à la suite de l'envolée révolutionnaire de 1848, Régis Masson est maire. Ce conseil fut en place jusqu'en décembre 1851, et révoqué après le coup d'état du 2 décembre ; rien de surprenant donc à ce qu'on parle d'école laïque là où siègent des républicains et de futurs socialistes ;
- L'existence des idées « laïcistes » : dans cette délibération on parle d'une école laïque « abandonnée à regret » ; on pourrait légitimement penser que l'idée fut évoquée lors de l'acquisition de la maison Nappey en 1842. Mais une fois encore préférons la prudence à l'audace. La maison Nappey fut acquise mais l'école n'y fut pas installée

pour des raisons financières : l'exiguïté des locaux exigeait qu'y fussent entrepris d'importants travaux ; on préféra opter pour les largesses des legs Gallien et Genevay-Montaz. Donc en l'état nous considèrerons que la laïcité a pu être évoquée en 1842, mais il ne peut pas y avoir de certitude. Cependant il est tout à fait intéressant de relever l'apparition très claire de cette notion en 1851 et de mettre cela en regard avec l'appartenance républicaine du maire et de quelques conseillers à une époque où l'idée ne faisait pas florès sur le plan national.

À partir de janvier 1852, date à laquelle arrive Mr Brotel, commissaire spécial délégué à Tullins avec mission de trouver un candidat à la fonction de maire dans une ville où aucune candidature se faisait jour, bien au contraire, à cette époque donc l'école disparaît un peu des préoccupations municipales, et bien entendu, dans son sillage, la laïcisation fut enterrée. Ce n'est que le 14 mai 1856 qu'une délibération du conseil municipal mentionne à nouveau la « laïcité de l'école communale » : « Plusieurs membres répondant au désir d'un grand nombre de pères de famille, demandant qu'il soit établie, dans la commune de Tullins, une école primaire communale laïque attendu qu'un grand nombre d'enfants de sexe masculin ne fréquentent pas l'école des frères de la Doctrine Chrétienne soit qu'un certain nombre appartienne au culte protestant soit que d'un autre côté les parents préfèrent l'enseignement laïque soit aussi pour entretenir une louable émulation entre les maîtres. Mais attendu que la commune est en ce moment impuissante à elle seule à satisfaire d'aussi légitimes désirs, l'administration est priée de vouloir bien intercéder auprès du ministre de l'Instruction publique afin que l'état intervienne en aide pour ce faire à la commune de Tullins. Mais en attendant pour favoriser autant que possible l'enseignement primaire le conseil a voté sur son budget pour l'année 1857, la somme de 300Frs qui sera comptée à l'instituteur laïque tenant enseignement libre y aura mérité l'estime et la confiance des parents. Cette somme lui sera dévolue à titre de gratification ». Rien de surprenant à ce qu'on ne parla plus de laïcité à Tullins entre 1852 et 1855 : le parti au pouvoir n'était pas républicain. Certes le maire nommé sur proposition du commissaire spécial avait démissionné en septembre 1852, mais il fut remplacé par un administrateur provisoire : Auguste May ancien officier de Dragons dont on peut penser qu'il n'était pas spécialement favorable aux idées républicaines ni même laïques et cela même s'il n'adhérait pas complètement au Second Empire. C'est durant cette période, sous l'administration d'Auguste May, que se déroulèrent un certain nombre d'incidents que nous qualifierons de politiques. En tant que tels ils ne nous concernent guère, mais nous pouvons trouver intérêt à leur étude en ce qu'ils peuvent représenter la vitrine des idées qui se développaient dans la ville, et que surtout ils furent à l'origine de nombreux rapports de police qui nous permettent de savoir à quel parti politique appartenaient les édiles locaux.

Ainsi l'année 1853 fut celle de l'abbé Koenig : il y multiplia les incidents avec l'autorité municipale. Une anecdote, parmi de nombreuses, va situer le personnage. Alors que l'abbé avait entrepris des travaux à l'église sans en avoir averti la mairie et donc sans en avoir l'autorisation, il fit envoyer les factures à ladite mairie. Une autre fois, la fabrique[63] étant dans l'impossibilité de payer ses créances, l'abbé fit ouvrir une souscription. Trouvant que les souscripteurs manquaient de beaucoup d'empressement et que leurs dons étaient bien faibles, il prit l'habitude de lire

[63] Le mot “fabrique” désigne la Fabrique paroissiale qui représente l'ensemble des biens matériels d'une église paroissiale, revenus affectés à son entretien, gestion matérielle de ces biens et revenus et le Conseil de fabrique qui est l'assemblée de clercs et de laïcs chargés d'administrer les biens d'une église.

la liste des souscripteurs et le montant des dons en chaire à la grande messe du dimanche... On comprend la lourdeur du climat politique qui devait régner à Tullins en cette année 1853. Outre les suspicions que nous dirons habituelles sous le Second Empire, s'ajoutaient à Tullins les frasques d'un abbé qui dans une lettre du 5 août 1853 à 9h[64] n'hésitait pas à écrire, s'étonnant de ce que le conseil municipal s'opposait aux travaux qu'il désirait faire réaliser : « Cette mesure de la part d'hommes qui ont sans cesse sur les lèvres les mots de conciliation et de paix n'obtiendra sans doute pas l'approbation des personnes sages... ». Le lendemain il récidivait : « Dans la commission que vous présidez se trouve sans doute des membres estimables, mais vous ne pouvez l'ignorer complètement, elle renferme aussi des hommes astucieux et perfides qui sous le voile de l'intérêt général abritent leur égoïsme et leurs rancunes. Ennemis d'un gouvernement qui les a sauvés, ces hommes rêvent toujours de nouveaux désastres avec de nouvelles dynasties, et pour arriver à leur but ils s'efforcent par une série de mesures arbitraires et iniques ou ridicules qu'ils inspirent, de désaffectionner le pouvoir parmi les masses. Ce qu'il y a de plus révoltant c'est que ces hommes comptent parmi leurs rangs des fonctionnaires publics que le budget de l'empire nourrit et enrichit ... ». Qu'il nous soit permis : pauvre Auguste May, pauvre conseil municipal qui, même s'ils en avaient eu l'intention, auraient bien vite rejeté aux calendes grecques toute velléité laïciste pour ne se consacrer qu'au quotidien. D'autant que l'affaire Koenig dut avoir quelque importance car l'abbé qui était soutenu par Régis Masson, l'ancien maire républicain (cf rapport de gendarmerie du 6 janvier 1858 et enquête sur la situation morale et politique de 1865), fut malgré tout déplacé par son évêque à Domène (de l'autre côté de Grenoble, à plus de 50 km de Tullins).

[64] Archives communales de Tullins.

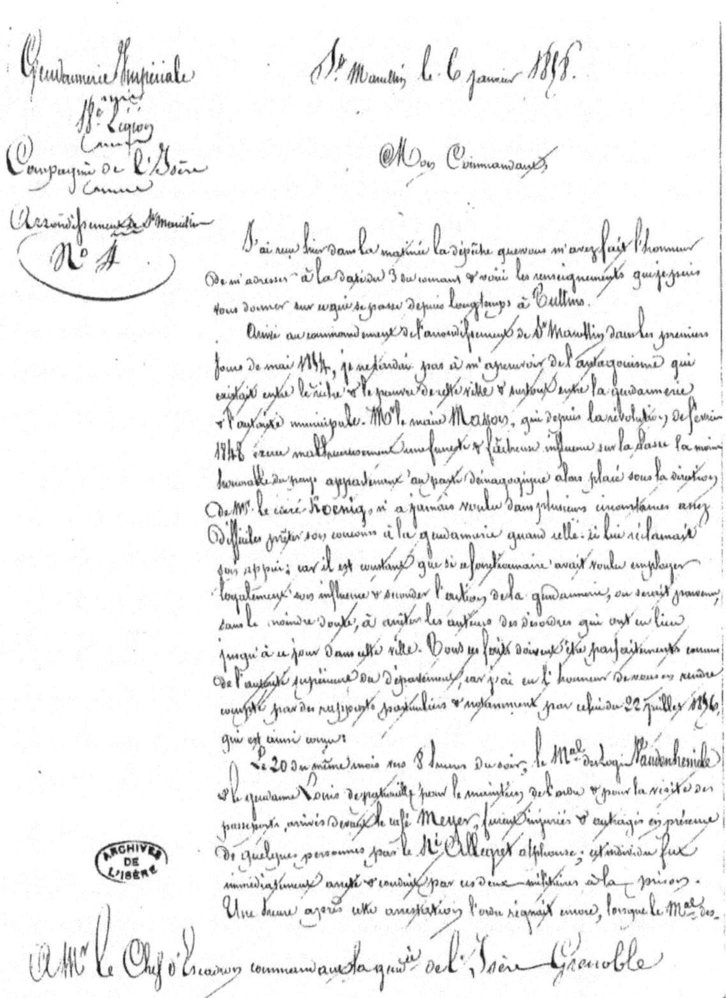

Gendarmerie Impériale
18e Légion
Compagnie de l'Isère
Arrondissement de St Marcellin
N° 4

St Marcellin le 6 janvier 1858.

Mon Commandant,

J'ai reçu hier dans la matinée la dépêche que vous m'avez fait l'honneur de m'adresser à la date du 3 du courant & voici les renseignements que je puis vous donner sur ce qui se passe depuis longtemps à Tullins.

Arrivé au commandement de l'arrondissement de St Marcellin dans les premiers jours de mai 1854, je ne tardai pas à m'apercevoir de l'antagonisme qui existait entre les riches & les pauvres de cette ville & surtout entre la gendarmerie & l'autorité municipale. Mr le maire Masson, qui depuis la révolution de février 1848 exerce malheureusement une funeste & fâcheuse influence sur la classe la moins honnête du pays appartenant au parti démagogique alors placé sous la direction de Mr le curé Koenig, n'a jamais voulu dans plusieurs circonstances assez difficiles prêter son concours à la gendarmerie quand elle lui réclamait son appui ; car il est constant que si ce fonctionnaire avait voulu employer loyalement son influence & seconder l'action de la gendarmerie, on serait parvenu, sans le moindre doute, à arrêter les auteurs des désordres qui ont eu lieu jusqu'à ce jour dans cette ville. Tous ces faits doivent être parfaitement connus de l'autorité supérieure du département, car j'ai eu l'honneur de vous en rendre compte par des rapports particuliers & notamment par celui du 22 juillet 1856 qui est ainsi conçu :

Le 20 du même mois vers 8 heures du soir, le Mal des logis Vandenhende & le gendarme Louis de patrouille pour le maintien de l'ordre & pour la visite des passeports, arrivés devant le café Meyer, furent injuriés & outragés en présence de quelques personnes par le Sr Allegret alphonse ; cet individu fut immédiatement arrêté & conduit par ces deux militaires à la prison.

Une heure après cette arrestation l'ordre régnait encore, lorsque le Mal des-

A Mr le Chef d'Escadron commandant la compie de l'Isère Grenoble

Situation politique de Tullins-Fures : première page du rapport de gendarmerie du 6 janvier 1858

Arrêtons-nous quelques instants sur l'enquête de 1865[65] dans laquelle nous relevons « Un curé [l'abbé Koenig] qui intriguait avec une rare habileté pour tourner à son avantage toutes ces divisions ... il réussit à rassembler le peuple contre les familles qu'il accusait d'indifférence et d'égoïsme et une bourgeoisie d'origine plus récente ». Dès lors nous sommes éclairés quelque peu sur l'image politique de la ville : il existe des divisions, le peuple est prompt à s'élever contre les « familles », et surtout apparaît la notion d'une « bourgeoisie récente ». Les deux premiers points ne sont peut-être pas très remarquables car comme le rappelle Jean-Marie Mayeur[66] si « l'opposition est réduite à la fronde des salons orléanistes, à l'abstention des légitimistes ou à la clandestinité des républicains », elle existait bien et fut génératrice du climat de délation qui caractérisa le Second Empire. Quant au fait que le peuple fut prompt à la révolte, rien n'est nouveau en cette matière. En revanche que l'on parle de l'apparition d'une nouvelle bourgeoisie, cela doit retenir notre attention car elle fut l'épicentre de nombreux incidents de la politique locale dont certains eurent un retentissement primordial voire essentiel sur les écoles. Ce fut le cas lors de la construction de l'école de filles de Fures que nous évoquions au chapitre précédent.

Nous n'irons pas plus avant dans la description de la vie politique tullinoise, bien qu'elle oscille entre le vaudeville et la tragédie. Nous la résumerons, pour cette période de 1852 à 1855, par une phrase extraite de l'enquête de 1865[67] : « La bourgeoisie s'installe dans la résistance pour rendre impossible la gestion de la ville ... on finit par ne plus

---

[65] Archives du département de l'Isère et de l'ancienne province du Dauphiné, série 136M14

[66] Mayeur, Jean-Marie, Les débuts de la III° République, Paris, Seuil, 1973.

[67] Archives du département de l'Isère et de l'ancienne province du Dauphiné, série 136M14

trouver personne pour diriger ... ». Cela est tellement vrai et exact que l'administration se vit quasiment contrainte de nommer Régis Masson maire de Tullins par arrêté ministériel du 27 janvier 1855 ! Dès lors on comprend la raison de la résurrection de l'idée laïciste que nous indiquions précédemment. Celui-là même qui dirigeait aux destinées de la ville en 1851, se retrouve au gouvernail en 1856 : deux dates où les délibérations du conseil municipal portent mention « d'école laïque ». Il y a là une parfaite adéquation entre les idéaux du maire et les « traces » en archives. Cependant on comprend moins, ou pour le moins on explique mal, que Régis Masson ait été si unanimement suivi par le conseil municipal, notamment par celui de 1855, d'autant que son premier adjoint n'était autre que Auguste May. Nous avons tenté une explication dans l'appartenance de certains à la Franc-Maçonnerie. Nos contacts avec le Grand Orient de France n'apportent guère d'élément si ce n'est qu'il existait une loge à Voiron, éloigné de seulement 15 km, à la fin du 19e siècle. Peut-être conviendra-t-il dans un travail orienté différemment de pousser plus avant les investigations dans ce sens. Cependant il nous semble que si les membres du conseil municipal avaient appartenu à la Franc-Maçonnerie nous en aurions retrouvé la trace dans la série relative aux affaires de police des archives.

Une fois posé le climat politique revenons sur la délibération du 14 mai 1856 car elle vaut d'être analysée par le menu. Celle-ci comporte cinq points qui méritent d'être commentés : le maire, « le grand nombre d'enfants qui ne fréquentent pas l'école des frères », « les familles qui préfèrent l'enseignement laïque », l'importance des protestants, l'émulation entre l'enseignement congréganiste et celui laïque.

Nous venons d'expliquer longuement le rôle du maire, Régis Masson, dont nous savons de façon certaine qu'il était républicain radical. D'évidence son appartenance politique a influencé la réémergence de l'idée laïciste dans les débats du conseil municipal. Quant « au grand nombre d'enfants qui ne fréquente pas l'école des frères », l'allégation nous semble fallacieuse. Pour mesurer la solidité et la véracité de cette donnée nous allons étudier quelques chiffres, mais avec beaucoup de prudence car aucun n'est de cette année 1856. Nous étudierons plus en détail ces chiffres dans un prochain chapitre. Pour l'instant remarquons que l'école des frères semble bien avoir accueilli la quasi-totalité des garçons de Tullins. Ne disposant pas de statistiques précises nous procèderons à quelques simulations, elles-mêmes extrêmement imprécises et dont il conviendra de ne retenir que l'image qu'elles donnent de la population scolaire. Le chiffre d'enfants de 6 à 13 ans recensés en 1882 rapporté à la population totale de la ville nous permet de voir que cette tranche d'âge représentait 10,14% de la population de la ville. Nous utiliserons pour notre simulation ce pourcentage par ailleurs voisin des chiffres donnés par Alain Beltran et Pascal Griset[68] qui sont :

	1846	1866	1872	1891
Population des enfants de 0 à 14 ans en %	10,5	10,8	9,8	10

Nous utiliserons donc ce pourcentage de 10% pour le calcul de la population d'enfants de 6 à 14 ans que nous diviserons par 2, considérant qu'il y aurait autant de filles que de garçons. Une autre manipulation arithmétique a été nécessaire pour rendre lisible ces chiffres : l'application

[68] Beltran, Alain, Griset Pascal, La croissance économique de la France de 1815 à 1914 ; Paris, Armand Colin, 1988.

d'un pourcentage de 12 entre 1866 et 1876 à la population totale pour trouver celle du seul bourg de Tullins. Après ces « manipulations » nous obtenons :

1866	Population de Tullins 4303 habitants	Population de garçons 215
1866	Population simulée de garçons de 0 à 14 ans : 215	Population de garçons accueillie par les frères : 167 (77,67%)

Il semble donc, sachant que les frères n'accueillaient que les garçons à partir de 6 ans, et avec la réserve due à l'imprécision de cette simulation, que le nombre d'enfants non-scolarisés ne devait pas être aussi important que l'indique la délibération du 14 mai 1856, d'autant que l'école libre laïque de Mr Perron recevait une vingtaine d'enfants[69].

Le troisième point de cette délibération qu'il faut analyser est « les familles qui préfèrent l'enseignement laïque ». L'appréciation de l'exactitude de cette formule est difficile à faire. Nous la mettrons simplement en regard du rapport[70] de l'inspecteur d'académie de 1871 qui, parlant de l'école laïque nouvellement ouverte, indiquait : « Il est à craindre que cette école ne prenne pas tout le développement que la municipalité espérait et qu'elle ne tombe en présence de l'école congréganiste ». On mesure, ici à une époque où l'idée laïciste avait sans doute progressée dans la population, le peu d'entrain de la population tullinoise à l'égard de l'école laïque à laquelle on ne confia que 16 élèves la première année. Alors on peut légitimement supposer qu'en 1866, même si le Second

[69] Archives du département de l'Isère et de l'ancienne province du Dauphiné, série T495

[70] Ibd.

Empire commençait à s'effriter, que l'engouement pour une école laïque ne devait guère faire florès.

Vient le quatrième point, celui des familles de protestants. Étaient-elles aussi nombreuses que l'indique la délibération ? En 1845 une autre délibération du conseil municipal du 9 février mentionne l'existence de 20 familles protestantes ; ceci est peu face à la population totale de la ville. Même si le nombre de ces familles avait augmenté entre 1845 et 1856, il ne l'aurait pas fait d'une façon telle qu'il y eut pléthore de protestants à Tullins, d'autant qu'il n'y eut jamais de pasteur en résidence à Tullins. Mais supposons toutefois que ceux-ci eussent été présents en grand nombre : n'eussent-ils pas alors convoqué un instituteur de leur religion car « L'école modèle[71] » de Mens n'était éloignée que de 80 km ? Certes Mens est au cœur du Trièves, dans la montagne, pour autant la distance entre les deux villes n'était pas insurmontable.

Enfin le conseil municipal arguait qu'une école laïque cohabitant avec une école congréganiste entretiendrait une saine émulation entre les deux types d'enseignement. L'histoire montre que l'argument ne tient guère. Malgré tout il était bon qu'il fût avancé, et nous le mettrons dans le même système d'analyse que celui qui nous fit étudier plus haut la personnalité politique du maire. Ce genre d'argument procède bien de la nature de la pensée laïciste qui prévalait en ces temps, selon laquelle à la fois il convenait que l'enseignement « d'État » ne fusse pas sous la tutelle d'une religion, et que vraisemblablement pour ne pas heurter trop, la coexistence pouvait être proposée. On retrouvera cette notion de cohabitation entre l'enseignement laïque et l'enseignement congréganiste en 1882 où les pères et tuteurs seront appelés à choisir une école pour leurs enfants.

---

[71] Équivalent pour les protestants de l'école normale départementale pour les enseignants laïques.

Quoiqu'il en soit du bien-fondé ou du mal-fondé des arguments avancés par le conseil municipal dans cette délibération du 14 mai 1856, l'école communale laïque ne vit pas le jour à Tullins cette année-là. De ce fait le 10 février 1858 le conseil récidiva de sa demande de création d'une école communale laïque. Cette délibération débute ainsi : « Passant ensuite à une question d'un très haut intérêt pour la commune de Tullins, le conseil, considérant que l'instruction étant la base fondamentale de toute société morale et progressive, en ce qu'elle procure à l'individu le moyen de se rendre plus utile aux autres et à lui-même, demande que la commune soit autorisée à élever une école primaire laïque communale, ou au moins à pouvoir favoriser et patronner une école primaire laïque libre concurremment avec celle dirigée par les frères de l'école chrétienne afin que maîtres et élèves des deux écoles soient excités mutuellement aux progrès faisant par-là naître entre eux une noble et louable émulation. Cette demande de l'assemblée n'est que le vœu exprimé de tous les pères de famille de la commune de Tullins ... ». L'argumentation reprend celle développée dans la délibération de 1856 notamment l'argument relatif aux familles de culte protestant. Mais cette fois s'ajoute l'importance de la ville qui est la quatrième du département dans laquelle un pensionnat serait de bon aloi, la ville possède déjà un local grâce à la maison Nappey qui demeure inutilisée et qui « devrait sans plus tarder être appropriée et rendu pour l'objet et but auquel il avait été primitivement destiné ». La délibération est close par un plan de financement qui s'étale de 1858 à 1862. Outre les nouveaux arguments techniques que nous venons de citer, nous retiendrons de cette délibération deux points : « Le conseil, à l'unanimité, reconnaissant l'indispensable besoin d'une école primaire laïque, en vote donc l'établissement », « Le conseil est d'avis que Mr l'adjoint faisant fonction de maire passe traité avec l'entrepreneur ... ».

L'unanimité exprimée par ce conseil ne lasse pas de surprendre car parmi les 19 signataires présents (sur 22 conseillers) les républicains ne devaient pas être légion. Tout au plus en dénombre-t-on six vraisemblables et avec beaucoup de prudence. Peut-être pourrions-nous expliquer ce vote par celui des conseillers qui, industriels à Fures, auraient été plus humanistes ou saint-simonien que républicains. Cette explication semble devoir être contredite par le fait qu'en ce début d'année 1858 éclata l'affaire de Bressieux et que se terminait celle de la construction de l'église de Fures qui opposèrent les industriels de Fures au conseil municipal. Quoiqu'il en soit de toute tentative d'explication, ce qui est certain c'est que Régis Masson ne participa point à ce vote puisqu'il avait été révoqué le 27 janvier 1858 à cause de ses idées républicaines. Ce fut donc Auguste May qui dirigea les débats. La lecture du rapport de gendarmerie de janvier 1858 nous éclaire sur la vivacité des idées républicaines à Tullins ; mais cela suffit-il à penser qu'une majorité de la population fut républicaine ? Et cela, même si le commissaire spécial écrivait dans son rapport du 1er mars 1858 que le déplacement de l'abbé Koenig et la révocation de Régis Masson « n'ont pas provoqué les effets escomptés ». Et bien que se poursuivissent les actions de propagande tel le billet séditieux contre l'Empereur et les autorités locales présenté page suivante. Dès le mois de mars cependant l'intérim de la charge de maire fut confié à un industriel, Mr Chavanne, à propos duquel le sous-préfet écrivait au préfet[72] : « Si sous le rapport de la capacité il laisse quelque chose à désirer, il n'en jouit pas moins à Tullins d'une popularité très réelle et très générale ».

[72] Archives du département de l'Isère et de l'ancienne province du Dauphiné, série 15M82

Cependant la fréquentation assidue de l'abbé Koenig par la famille Chavanne car « laissée à l'écart de ce que l'on appelle la société de Tullins, la famille Chavanne s'est trouvée flattée d'établir des relations d'intimité avec le curé de la paroisse »[73], empêcha qu'il fût nommé maire ; on lui préféra Monsieur Richard-Motton qui démissionna, suivant la suggestion de l'administration, en septembre 1861, soit trois ans après sa nomination.

La laïcisation de l'école semble être tombée aux oubliettes de la vie politique de la ville durant cette période qui s'étend du 10 février 1858 à 1870. Il est vrai qu'à nouveau la ville vivait au rythme des incidents, des démissions du maire et des administrateurs provisoires. Des incidents il n'en manqua point. Ce fut d'abord ceux provoqués par le caractère très particulier de Mr Richard-Motton que l'enquête de 1865 décrit ainsi : « On fut alors, après une longue vacance forcée, de confier la mairie à un propriétaire étranger au pays où il était établi que depuis peu de temps,

[73] Ibd.

riche, instruit mais esprit bizarre, au caractère fantasque, ne ménageant ni les personnes ni les choses et qui semblait fait pour prouver que la population de Tullins, présentée comme ingouvernable, était facile à plier ». Voilà ce curieux individu, triste sire qui provoqua les gendarmes et menaça de souffleter le curé ... Puis il y eut la tentative de séparation de Fures et de Tullins orchestrée par les industriels de Fures qui voyaient d'un bon œil d'ériger le faubourg en une commune libre dont ils auraient conduit le destin : n'y avaient-ils pas déjà fait construire une église, en 1854, sans l'autorisation de la mairie ? Une fois encore, Mr Richard-Motton démissionné, l'administration confia la gestion municipale à Mr Joseph Sillan qui ne fut élu qu'en 1865. Il avait participé à la commission administrative de février 1848 et avait été maire de 1830 à 1836. On comptait beaucoup sur sa « sagesse et son sens de la conciliation ». Il lui fallut beaucoup des deux notamment pour gérer la crise avec Fures qui cependant eut raison de lui car il démissionna en mars 1866 : il était né le 12 octobre 1792.

La ville fut alors administrée par Michel Perret[74]. Industriel et humaniste il représente la « grande figure tullinoise » bien qu'il fût originaire de Saint-Fons à proximité de Lyon. Le préfet dans une lettre du 8 mars 1866

---

[74] Michel PERRET (1813-1900) : Né à Lyon, son père dirige une fabrique de produits chimiques et le jeune Perret entre dans la carrière de chimiste. En 1833, il découvre un procédé pour obtenir à bon prix de l'acide sulfurique à partir de la pyrite, ce qui lui apportera gloire et richesse. Esprit créatif, il invente entre autres "la bouillie Michel Perret" contre les maladies de la vigne. En 1861, il achète à Tullins la propriété des Chartreux (actuel hôtel de ville et parc municipal). Il s'intéresse à la vie locale et devient Maire de Tullins Fures. Grand humaniste, il fonde l'hôpital et s'attache, avec son épouse, à aider les plus démunis, et à la promotion des jeunes gens méritants. Il créa les bourses Michel Perret destinées à des jeunes étudiants tullinois.

au Ministre de l'Intérieur[75] le décrit en termes élogieux : « Homme très intelligent, instruit, dans une situation de fortune considérable, s'est concilié à Tullins les sympathies de toutes les classes de la population. Propriétaire à Tullins depuis 5 ans, il y réside 8 à 9 mois par an. L'attitude qu'il y a prise et le sentiment qu'il y a manifesté en toutes circonstances le font considérer comme entièrement dévoué au gouvernement de l'Empire ». Son administration aura été marquée par de nombreuses réalisations propres à améliorer la vie de la cité y compris dans les écoles. Concernant ces dernières, mis à part la municipalisation des écoles de filles (conséquence de la loi de 1867) et des écoles de Fures, ainsi que la création de la salle d'asile à Fures, rien ne se fit ni ne s'écrivit relativement à la laïcisation. En cette matière tout semblait oublié même si, en ville, les républicains continuaient à faire parler d'eux à l'instar de François Buisson qui distribuait en 1865 une circulaire et une liste en opposition à celle du maire[76]. Mais il est vrai que la France vivait une époque difficile et avait bien d'autres préoccupations à l'aube de la guerre de 1870.

Arrivent les événements de 1870 : la guerre, la défaite, la proclamation de la république. L'Empereur fait prisonnier le 1er septembre, sur proposition de Gambetta la République fut proclamée le 4 septembre et un gouvernement de défense nationale constitué. Ce même jour, 4 septembre, Michel Perret est chargé, par le préfet de l'Isère, d'installer le nouveau conseil municipal de Tullins. La délibération d'installation vaut, ici, d'être rapportée tant elle va nous éclairer sur l'ambiance politique de ce jour à Tullins : « Le conseil étant réuni en vertu de la convocation autorisée par les instructions précitées, nous avons annoncé à l'assemblée que nous allions procéder à la prestation de

---

[75] Archives du département de l'Isère et de l'ancienne province du Dauphiné, série 15M82

[76] Ibd.

serment ... “je jure fidélité à l'Empereur” ... mais les membres de l'assemblée ont protesté contre la formule du serment ci-dessus, et la rectifiant chacun d'eux a répondu successivement “je jure fidélité à la France et obéissance aux lois”. Nonobstant cette irrégularité de forme, cela fait, vu les événements qui s'accomplissent, vu l'urgence nous avons cru devoir passer outre et déclarer que le conseil municipal de la commune de Tullins était définitivement installé ... » ; un conseil bien au fait des événements nationaux qui décida dès le lendemain d'élire sept de ses membres pour constituer une commission administrative puisque l'installation du conseil municipal n'avait pas pu être entérinée par le préfet. Un avis est alors adressé à la population. Celui-ci manifeste à la fois de la modération et de l'engagement républicain de la commission. Cet engagement est bien réel comme peut le montrer la délibération du 10 septembre 1870 : « L'assemblée animée de sentiments éminemment démocratiques et républicains ainsi qu'elle l'a prouvé par la protestation qu'elle a faite à l'unanimité lors de son installation contre le serment au pouvoir personnel, alors que la proclamation de la République n'était pas encore affirmée, met à son ordre du jour qu'il soit formulé une adresse exprimant ses sentiments d'admiration et de reconnaissance envers les membres du Gouvernement provisoire de la République ... ».

Voilà la République installée à Tullins-Fures.

Une des toutes premières réalisations du conseil municipal républicain fut d'instituer, le 19 septembre 1870, une commission pour la création d'une école laïque. À la suite de la proposition d'un conseiller tendant à réduire le nombre de frères de l'école communale congréganiste, le maire fait remarquer qu'il serait imprudent de suivre cette proposition sans, en quelque sorte, proposer un moyen de substitution. Le conseil suit par son vote la proposition du maire de créer une école laïque. Cette commission est composée par MM Mannecy et Blanchet industriels à Fures, Chevalier négociant et républicain modéré, Buisson que nous rencontrons fréquemment dans ce travail, comme républicain, depuis 1848, Barral et Miège à propos desquels nous ne disposons d'aucune information. Le 30 octobre la commission remet son rapport au conseil municipal. De celui-ci il ressort que la création d'une école laïque n'irait pas sans difficulté pour les dépenses publiques d'autant que le vœu avait été émis qu'elle fût gratuite. D'autre part le rapport rappelle la teneur du contrat qui lie la municipalité à la congrégation qui dirige l'école communale. La commission suggérait au conseil qui l'accepta, qu'une enquête fut diligentée auprès des pères de famille afin qu'ils se prononcent sur le choix de telle ou telle école pour leurs fils. Le résultat de cette enquête est remarquable. Il montre que déjà à cette époque l'engouement des populations pour « la chose publique » n'était guère développé : « sur 300 pères de famille invités à venir déclarer leur préférence ... 146 se sont présentés ... » soit moins de la moitié. Parmi eux « **25 seulement ont déclaré vouloir envoyer leurs enfants à l'école laïque** ». Le conseil trouva ce résultat « significatif, qui prouve une fois de plus le besoin d'une instruction plus répandue et la nécessité d'une autre école ». Était-il légitime de considérer que 17,12% des exprimés en faveur de l'école laïque, fussent un résultat significatif ? À notre avis cette considération est un peu outrancière d'autant que, rapportés à la population totale, les avis favorables à l'école laïque ne représentent plus que 8,3%. Cette question n'échappa pas au conseil municipal qui mis aux voix l'ajournement du projet d'école laïque. Celui-ci fut rejeté par 11 voix contre 8 et un bulletin blanc : il fut décidé que l'école laïque ouvrirait le 1er janvier 1871.

5 École communale laïque

la défense nationale qui dans les temps présents est le plus impérieux des devoirs ne fait point perdre de vue au Conseil municipal l'Instruction, cette base de la vraie liberté, sur laquelle doivent être fondées nos institutions républicaines.

A ce sujet le Président de la Commission administrative fait connaître au Conseil le résultat de l'enquête sur les écoles, mentionnée dans la délibération du 30 8bre précédent, d'où il résulte que sur 300 pères de famille invités à venir déclarer leur préférence pour l'enseignement laïque ou celui congréganiste, 146 se sont présentés et dont 25 seulement ont déclaré vouloir envoyer leurs enfants à l'école laïque.

Résultat significatif, qui prouve une fois de plus le besoin d'une instruction plus répandue et la nécessité d'une autre école.

Aussi en présence de ces faits et vu les grandes dépenses qu'occasionne la défense nationale le Président proposerait d'ajourner la création de l'école laïque.

Après discussion un vote a lieu au scrutin secret : sur 20 membres présents 8 se prononcent pour l'ajournement 11 contre et un bulletin blanc.

En conséquence le Conseil décide que l'ouverture de cette école aura lieu au premier janvier 1871 et invite la Commission administrative à aviser aux moyens pour que l'installation de l'Instituteur puisse se faire à cette époque et dans ce but l'autorise à conclure pour le loyer du local avec Mr Chatrousse à procéder aux réparations et à l'agencement nécessaires à la dite installation, comme aussi à conclure avec l'Instituteur proposé par la Commission pour son traitement annuel.

Ainsi délibéré, les jour, mois et an que dessus et ont les membres présents signé après lecture faite.

Ouvrons une courte parenthèse pour remarquer que la délibération mentionne « le besoin d'une instruction plus répandue ». On peut penser que ce besoin n'est pas limité à celui de l'éducation de la jeunesse. Sans doute, vu les résultats de l'enquête, les conseillers pensèrent-ils à l'instruction de la population. C'est vraisemblablement pour répondre à ce besoin que certains d'entre eux fondèrent « La société pour l'instruction républicaine » (annexe 5) *le 19 février 1871.* L'article premier nous éclaire bien sur les motifs de la société dont « **le but est d'éclairer les citoyens sur leurs droits et leurs devoirs** » ; on peut penser que parmi les droits figure celui à l'instruction ; le livret d'adhérent ne reprend-il pas dans ses dernières pages la

Déclaration des Droits de l'Homme et du Citoyen et notamment l'article 22 : « L'instruction est le besoin de tous ... ».

À partir de ce jour commença une rude bataille contre l'école des frères de Tullins, mais paradoxalement peu contre celle de Fures. Ainsi dès le 26 novembre 1870 les délibérations du conseil municipal nous communiquent la lettre que le maire a adressée au directeur de l'école des frères pour l'informer que l'ouverture d'une école laïque entrainerait ipso facto la réduction du nombre de frères : de huit à six, et que l'école du soir serait désormais du ressort de l'instituteur laïque. Le 4 décembre le conseil municipal ratifie le bail engageant la municipalité auprès de Mr Chatroux pour l'achat de bâtiments pour l'installation de l'école laïque et installe Mr Chabert dans ses fonctions d'instituteur laïque à Tullins. Dans cette même délibération il est fait mention des dons généreux faits par Madame et Monsieur Michel Perret au profit des écoles : « ... Monsieur Perret a payé de ses deniers plusieurs mémoires s'élevant ensemble à la somme de huit cent quatre-vingt-onze francs et 55 centimes, pour l'achat et la pose de calorifères, et que la classe d'adultes du soir le plus souvent était faite par lui-même ou par son principal employé, jeune homme très instruit, donnant ainsi aux élèves des principes raisonnés d'agriculture, des notions de chimie pratique, de physique etc. Le conseil municipal persuadé que l'intérêt que Mr Perret a porté jusqu'ici aux écoles congréganistes s'étendra à celles laïques. Il nous en a donné lui-même plusieurs fois l'assurance ».

Le 1er janvier 1871 l'école communale laïque ouvrait ses portes et démarra sous de bons auspices. Le 9 juillet la commission de l'instruction dressa devant le conseil municipal un rapport élogieux de cette école et souhaite que tout soit mis en œuvre pour qu'elle se développe convenablement : « quant à l'école laïque des garçons dirigée par Mr Chabert, la susdite commission renouvelle au conseil la proposition qui lui a été faite dans la dernière séance et qu'il a adoptée : qu'il manque à cet établissement comme école, certaines améliorations ou agencements qui la mette à même de lutter d'émulation et de zèle avec les écoles congréganistes ... La commission des écoles, termine en suppliant le conseil de ne point oublier non plus que les bonnes écoles sont le fait des bons professeurs, et que ceux-ci résultent le plus souvent de la non-rivalité, ni de l'antagonisme, mais de l'émulation et du zèle que les administrations elles-mêmes zélées, savent exciter entre eux. Qu'en l'état il importe malgré les sacrifices considérables que la commune s'est imposée dans ce but, de maintenir et de protéger l'école laïque naissante, qui sous peu sera une digne émule des écoles des frères et de l'une et des autres il sortira des citoyens honnêtes et capables ». Voilà un discours remarquable dont la teneur peut être expliquée par l'engagement politique d'un conseil municipal élu le 12 mai 1871 qui a à sa tête Régis Masson, maire et républicain radical, comme adjoints Joseph Chevalier, républicain modéré, et Ernest Allard, conservateur libéral. Quant à la population elle n'était que très modérément républicaine comme l'indique un rapport (ADI, annexe 6) du commissaire spécial au préfet en date du 14 novembre 1872 : 1/10 de républicains sincères, 4/10 d'indifférents acceptant ou subissant la République, 4/10 de monarchistes, 1/10 d'impérialistes.

Cependant quoiqu'il en fût de la volonté consensuelle de la municipalité et de l'expectative de la population, les frères réagirent dès le 26 août 1871 aux velléités municipales de réduire leur nombre. Puisque la mairie voulait supprimer deux postes budgétaires à Tullins, on rapatrierait les deux frères de Fures, ce qui entrainerait la fermeture ipso facto de l'école de Fures. Qu'importe, un conseiller proposa d'accepter cet ultimatum des frères en l'assortissant de deux mesures autoritaires : les deux frères de Tullins venant de Fures ne percevraient pas de traitement, l'école de Fures serait laïcisée. On n'en fit rien, et la municipalité chercha un consensus. La guerre scolaire était cependant déclarée comme en témoigne la délibération du 4 février 1872 : « Le conseil municipal satisfait des résultats obtenus à l'école laïque analyse certaines difficultés et entraves apportées à cette institution, félicite Mr Chabert des soins donnés aux élèves qui lui sont confiés, maintien son traitement annuel et l'invite à redoubler de zèle et comptant sur ce qu'on est encore en droit d'attendre de lui dit qu'il y a lieu de lui accorder un professeur adjoint (en remplacement des frères), charge Mr le maire de s'en enquérir et de traiter pour le salaire à lui allouer. Lequel salaire sera ratifié par le conseil. Comme aussi attendu que le nombre d'élèves de ladite école laïque, considérablement accru, nécessite de plus en plus de bancs, des tables et des tableaux prie l'administration de pourvoir au plus tôt de ces objets mobiliers pour son parfait fonctionnement et vote à cet effet à l'unanimité un traitement de 700Frs ». Le 18 mai 1872[77] un conseiller municipal s'exprime à propos des frères de l'école chrétienne : « à l'article traitement des instituteurs congréganistes, Mr Perrin soumet de nouveau au conseil municipal une question déjà agitée plusieurs fois. Le renvoi des frères de l'école chrétienne et leur remplacement par des instituteurs laïques ». Par 12 voix contre 4 non et 3 bulletins nuls, le conseil se rallie à l'avis de Mr Perrin, rejetant l'amendement de Mr Blanchet, industriel à Fures, tendant à maintenir les frères dans des fonctions d'instituteurs. À cette occasion Mr Buisson fait observer que la laïcisation entrainerait une économie de 480Frs par an pour le budget municipal ; il est vrai que l'on ferait, selon son calcul, l'économie de 3 instituteurs. Le

[77] Archives communales de Tullins, registre des délibérations du Conseil municipal.

conseil se rangea derrière sa remarque : « dans la prévision que notre projet sera accepté par l'administration supérieure, le budget 1873 doit être établi en conséquence ... ».

L'administration départementale ne suivit pas la décision du conseil municipal et le préfet se rangea[78] à l'avis de l'inspecteur primaire qui, enquêtant sur ordre de l'inspecteur d'académie, recommandait le maintien des deux écoles, rejetant entre autres l'argument d'économie. Le conseil départemental de l'instruction publique[79] confirma en 1873 la décision du préfet « pour le motif que l'enquête faite sur les lieux montre le vœu formel de la population de maintenir le statuquo ». Malgré tout le 9 novembre 1873[80] le conseil municipal persista dans sa demande et souhaita acheter un bâtiment pour agrandir l'école communale laïque. Le préfet autorisa cet achat par son arrêté du 4 août 1874[81]. Un mois avant, victime de l'opposition de la population de Fures menée par les industriels, Régis Masson avait démissionné ; un républicain modéré, Mr Chevalier, le remplaça. Un modéré remplaçait un radical ; l'un comme l'autre eut à souffrir de « l'opposition de Fures » et des frères des écoles chrétiennes qui n'entendaient pas être spoliés de leurs fonctions. Ainsi le directeur de l'école des frères réclama le 5 août 1875 un frère pour le temporel. Il lui fut répondu que l'école laïque ayant distrait 80 élèves, trois frères devaient être suffisants pour les 148 enfants restants ; cela ne faisait que 49 élèves par classe ... C'est ainsi que le supérieur de la congrégation détaille tous les déboires de ses frères à Tullins dans un

---

[78] Archives du département de l'Isère et de l'ancienne province du Dauphiné, série 4T2 383

[79] Ibd.

[80] Archives communales de Tullins, registre des délibérations du Conseil municipal.

[81] Archives du département de l'Isère et de l'ancienne province du Dauphiné, série 4T2 383

rapport de quatre pages adressé au préfet le 19 août 1875. Dans une lettre envoyée au préfet le 21 septembre 1875[82] le directeur de l'école chrétienne menace de quitter Tullins s'il n'obtient pas satisfaction à sa demande de crédit. Une pétition en faveur du maintien de l'école chrétienne recueille alors 400 signatures.

Dès lors maintes péripéties vont marquer les relations entre le conseil municipal et l'école chrétienne ; parmi elles nous retiendrons : la suppression d'un frère, approuvée par le préfet le 22 juin 1878, la suppression d'un autre frère et la création d'un deuxième poste d'adjoint laïque approuvé par le Ministre le 10 février 1879[83], malgré l'avis défavorable du conseil départemental de l'Instruction Publique ... Et les choses vont de mal en pis jusqu'au 15 avril 1880 où le conseil municipal suivant les conclusions de Monsieur Berger-Vachon décide, à l'unanimité, de demander la substitution de l'école congréganiste par l'école laïque. Mr Berger-Vachon avait fait valoir le coût prohibitif d'entretenir deux écoles de garçons à Tullins. La municipalité s'engageait fortement par cette décision car elle risquait d'être contrainte de rembourser les legs qui permirent la création de l'école des frères, mais le maire « ne croit pas, on ne devrait néanmoins pas hésiter devant la mesure qu'il propose ». À la suite de cette discussion deux autres conseillers proposèrent qu'on laïcisât l'école de Fures. Mais l'école de garçons de Fures était installée dans un local appartenant aux Chartreux, et le bail interdisait qu'y soit installée une école laïque. Les démarches administratives furent conséquemment entreprises. L'inspecteur d'académie donna son accord en ces termes[84] :

---

[82] Archives du département de l'Isère et de l'ancienne province du Dauphiné, série 4T2 383

[83] Jules Ferry qui avait été nommé le 4 février 1879.

[84] Archives communales de Tullins, registre des délibérations du Conseil municipal du 12 juin 1880

« Dès lors qu'à l'unanimité le conseil municipal demande le remplacement des frères par des laïques, je suis d'avis que cette mesure soit adoptée. Toutefois la commune devra préalablement se mettre en mesure de rembourser les 10 000Frs légués conditionnellement par Mademoiselle Gallien et déjà réclamés par les héritiers ». Le conseil confirme sa demande et pense que la maison qui abritait l'école laïque rendue vacante par le transfert de l'école dans les locaux de l'école des frères, achetée 10 000Frs pourra être vendue la même somme, ce qui permettrait de rembourser le legs. **Le 15 septembre 1880**[85] le préfet informe l'inspecteur d'académie, le sous-préfet et le maire de Tullins de « L'acceptation du Ministre de la confusion des deux écoles de Tullins en une seule école de garçons ». L'école congréganiste est feue ; l'école laïque existe désormais comme seule école communale à Tullins.

La bataille pour la laïcisation de l'école de garçons a débuté en 1851 pour s'achever au crépuscule de 1880 : 29 ans d'une bataille où le rôle des « gouvernants municipaux » fut prépondérant bien plus que ne le fut la pression de la population. Population à qui l'on prêta parfois des sentiments et des idéaux qu'elle ne possédait vraisemblablement pas. Cependant nous avons pu voir que l'idée républicaine, parfois virulente, fut toujours très fortement présente à Tullins et que la laïcité représentait son cheval de bataille. Si besoin était nous pourrions corroborer cette observation en rapportant la délibération du conseil municipal du 9 novembre 1878 où Monsieur Perrin « présente une motion tendant à ce que le conseil municipal manifeste dès à présent son intention de prendre part à toute distribution de secours que pourrait faire dans l'avenir l'État en faveur d'établissement scolaire créé ou à créer, et ce en vue de la création d'une école laïque de filles à Tullins », et

---

[85] Archives du département de l'Isère et de l'ancienne province du Dauphiné, série 4T2 383

de fait le 11 septembre 1881[86] le préfet accepta la laïcisation de l'école de filles de Tullins. Les écoles de Fures ne furent laïcisées qu'en 1890, c'est à dire l'année de l'entrée en fonction du groupe scolaire. Cette laïcisation fut prononcée par le préfet[87] le 10 avril 1890 à la suite d'une délibération du conseil municipal du 22 février.

Que vaudrait un combat pour la laïcisation de l'enseignement si celui-ci ne devait être réservé qu'à quelques nantis ? Que vaudrait la laïcité sans la gratuité ?

---

[86] Archives du département de l'Isère et de l'ancienne province du Dauphiné, série 4T2 383

[87] Archives du département de l'Isère et de l'ancienne province du Dauphiné, série 4T2 383

Chapitre III : la gratuité

Nous venons de voir avec quel esprit « avant-gardiste » la bataille de la laïcité s'engagea très tôt à Tullins-Fures, dès 1851. D'autre part nous savons que l'école fut toujours présente parmi les préoccupations des édiles locaux. Ce faisant nous pouvons penser que l'idée de gratuité de l'école parcourut ici un chemin parallèle et synchrone à celui de la laïcisation des écoles.

De fait, très tôt la municipalité s'intéressa aux enfants de famille défavorisée. Le 12 novembre 1843[88] nous lisons, à l'occasion de la discussion pour l'achat de la maison Nappey, « Le maire a exposé que par sa délibération du 10 mai 1842 le conseil municipal, tant pour satisfaire l'obligation imposée par la loi que pour favoriser et faciliter l'instruction de la classe indigente ... ». Pareillement le 11 novembre 1843 lors de l'acceptation du legs Gallien le conseil municipal rappelle : « Considérant que les charges que la commune de Tullins devra s'imposer pour ladite école seront compensées par l'instruction qui pourra être donnée à tous les enfants des familles indigentes ». Alors que l'installation de l'école des frères se fait attendre le conseil municipal évoque, une fois encore, la nécessité impérieuse qu'il y avait à s'occuper des enfants pauvres : « Plus de 150 enfants pauvres ne reçoivent pas d'instruction ». Notons au passage que ce chiffre nous semble très exagéré ; Tullins était une ville « aisée » comme ont pu le montrer les études qui furent faites sur l'économie

[88] Archives communales de Tullins, registre des délibérations du Conseil municipal.

de la ville[89] et où les œuvres de bienfaisance fonctionnaient bien, mais cela n'enlève rien à la volonté municipale, et nous devons nous interroger sur la critériologie retenue par les élus de l'époque pour la définition de la pauvreté. Il semble bien, d'ailleurs, que cette volonté ne fut pas qu'un vain mot car déjà en 1831 l'enquête diligentée par le conseil cantonal montrait qu'environ 40% des élèves étaient scolarisés à titre gratuit. À ces chiffres nous apporterons deux restrictions : le nombre des élèves gratuits ne prend pas en compte la distinction entre l'été et l'hiver, cependant nous l'avons rapporté aux chiffres de fréquentation la plus élevée, c'est à dire ceux de l'hiver ; les Ursulines recevaient 110 élèves gratuites sur une population de 116 élèves l'hiver. Ce qui majore de beaucoup le pourcentage d'élèves gratuits ; les autres instituteurs ne recevaient qu'entre 4% et 17% d'élèves gratuits. Nous avons tenu à rappeler ces chiffres, et notamment celui des élèves accueillis gratuitement chez les Ursulines, car ces dernières avaient rouvert leur école en 1820 avec l'approbation de la municipalité[90] : « Considérant qu'il y avait avant la Révolution une semblable communauté à Tullins, qu'elle faisait du bien, soit par un enseignement gratuit pour les jeunes filles dont les parents étaient dépourvus de moyens ... ». Toutefois, on pourra objecter que le retour des Ursulines correspondait à la Restauration et à l'expansion retrouvée des ordres religieux, et que celles-ci ne firent que « reprendre leurs activités » d'avant la Révolution. Certes, mais jamais les municipalités qui se succédèrent ne protestèrent de ce que les religieuses reçussent gratuitement des élèves.

[89] Texeira, A., Tullins-Fures face au déclin industriel, mémoire soutenu à l'Institut d'Études Politiques de Grenoble, 1983.

[90] Archives communales de Tullins, registre des délibérations du Conseil municipal.

Reprenons le cours de notre exploration et arrivons en 1855 où il fut décidé d'ouvrir une salle d'asile à Tullins. Là encore nous remarquerons au détour des délibérations du conseil municipal qu'existait une école libre, tenue par mademoiselle Platel, qui accueillait 8 élèves gratuits. Pour revenir à la salle d'asile de Tullins nous lisons dans la délibération du conseil municipal du 18 novembre 1855 : « Les enfants pauvres ou appartenant à des familles peu aisées y seraient admis gratuitement ». Sans attendre plus remarquons que la gratuité des écoles ne soulève pas les mêmes débats que la laïcité. Alors qu'aux années fortes de la montée républicaine à Tullins, 1848 - 1851, et de la magistrature de Régis Masson entre 1855 et 1858, la laïcisation des écoles occupait la majorité des discussions autour des écoles, la gratuité n'y figurait pas. Il faut bien voir, sans les confondre, ces deux aspects de la vie municipale qui sont premièrement l'intérêt que les élus pouvaient et semblaient porter aux « pauvres », et deuxièmement la notion de gratuité de l'enseignement. Jusqu'en 1858, au-moins, il n'apparaît pas que l'école dusse être gratuite, nous dirons que tout au plus devait s'exercer un devoir de solidarité des familles aisées vers les plus démunies. Il est vrai qu'instaurer la gratuité aurait entraîné de grandes difficultés pour les budgets municipaux à une époque où, en plus de la création et du fonctionnement des écoles, les salaires des personnels incombaient aux seules communes. N'est-ce pas ce que montre la délibération du conseil municipal du 4 mai 1859. La loi Falloux du 15 mars 1850 faisait obligation aux villes de plus de 800 habitants d'entretenir une école communale de filles : ce n'était pas le cas à Tullins. Donc l'inspecteur primaire interpela la mairie[91] : « Monsieur le maire expose encore au conseil que d'après le rapport de l'Inspecteur des écoles primaires, il

[91] Archives communales de Tullins, registre des délibérations du Conseil municipal.

importerait que le conseil municipal de Tullins votât une subvention pour l'établissement d'une école communale de filles où seraient reçues gratuitement les enfants du sexe, des parents peu aisés ». Le conseil reconnaissait le bien-fondé de cette intervention mais « Reconnaît l'impossibilité d'établir une nouvelle charge communale attendu les faibles ressources dont elle dispose et qui sont loin de satisfaire ses besoins actuels ... ».

9
Instruction primaire
École des frères payée par les parents.
Admission des indigents.
demande d'une école communale de filles.

Monsieur le Maire expose encore au Conseil que d'après le rapport de Mr l'Inspecteur des écoles primaires, il importerait que le conseil municipal de Tullins vota une subvention pour l'établissement d'une école communale de filles où seraient reçues gratuitement les enfants du sexe, des parents peu aisés.
Le conseil tout en admettant les avantages d'une institution semblable reconnait l'impossibilité d'établir une nouvelle charge communale attendu les faibles ressources dont elle dispose et qui sont loin de satisfaire ses besoins actuels, est d'avis de modifier le traitement fait aux Frères de la doctrine Chrétienne et d'aviser aux moyens de répondre à la fois aux besoins des écoles des deux sexes.

Dans une première analyse nous pourrions penser que l'école tenue par les Ursulines faisait fonction d'école communale de filles car d'après Claude Lelièvre[92] : « Selon la jurisprudence du XIXe siècle, tout subventionnement public entraîne ipso facto la qualité d'école publique », mais nous n'avons pas trouvé, dans la comptabilité municipale (ACT série L) de trace d'un subventionnement quelconque. La ville était donc en contravention avec la loi. Donc, même

92 Lelièvre, C., Histoire des institutions scolaires, Paris, Fernand Nathan, 1990.

si les élèves étaient accueillies gratuitement par les Ursulines, la ville devait ouvrir une école communale de filles. Une seconde analyse, intégrant ces données, oblige à reconnaître les difficultés financières, par ailleurs bien réelles, de la ville. La suite de la délibération montre quel moyen le conseil pensait utiliser pour pallier cet inconvénient : « est d'avis de modifier le traitement des frères de la doctrine chrétienne et d'aviser aux moyens de répondre à la fois aux besoins des écoles des deux sexes ». Effectivement il apparaît que les frères percevaient un traitement assez supérieur aux besoins de leur communauté à Tullins, et d'autre part la rétribution scolaire devait assurer un confortable complément de ressources. Or la délibération indique « qu'aucun parent ne paie aucune rétribution ». Ceci entraîna le conseil à la stricte application de la loi, à savoir que la gratuité (loi Guizot et loi Falloux) ne concernait que les enfants pauvres et la rétribution devait être perçue sous forme de contribution. Une liste de gratuité fut alors établie, et le montant de la rétribution scolaire fixé par le conseil municipal. Toujours en application de la loi, le salaire des frères n'était pas remis en question, mais la rétribution perçue par la ville arrivait en complément de ses ressources budgétaires propres : « En conséquence le conseil vote une dépense de 1800 francs pour le traitement des frères et porte celle de 1000 francs en recette au chapitre des crédits résultant des rétributions scolaires ; l'excédent, s'il y en a un, comme on peut le présumer sera toujours consacré à l'enseignement et ne pourra nullement en être détourné ». Cette délibération confirme bien ce que nous écrivions plus haut, à savoir que la gratuité n'apparaissait pas comme une nécessité impérieuse, d'autant que la charge financière des écoles incombait totalement aux communes, et que la solidarité devait jouer en faveur des moins fortunés. Quoi qu'il en soit il semblerait que les frères ne l'entendissent pas d'une bonne oreille, craignaient-ils qu'il advint que leur traitement finisse par être diminué ; étaient-ils convaincus de l'absolue nécessité de la gratuité ; donc le maire dut faire montre de beaucoup de ténacité et de fermeté comme en témoigne la délibération du conseil municipal du 4 août 1859 : « Monsieur le maire expose au conseil que tout en dépensant plus que la loi n'exige pour l'enseignement primaire la commune est hors d'état d'en étendre le bénéfice aux petites filles pauvres, l'école tenue par les frères des écoles chrétiennes absorbe toutes ses ressources. Le conseil voulant que cet enseignement soit également donné aux enfants des deux sexes décide qu'une contribution scolaire soit perçue sur les enfants des familles riches ou aisées, ne laissant, suivant la loi, plus ou moins à la charge de la commune que les enfants notoirement pauvres. Si les frères trouvaient un obstacle insurmontable à concilier les intérêts financiers de la commune avec leurs règlements, la commune se verrait, quoique à regret, forcée de renoncer à leurs services et de s'adresser à un autre ordre religieux comme les maristes ».

Assez curieusement trois ans plus tard l'affaire n'était semble-t-il pas réglée. C'est ce que montre la délibération du 24 janvier 1862. On y parle de l'école chrétienne dans laquelle sont admis gratuitement tous les enfants qui veulent la fréquenter sans distinction entre les familles indigentes ou aisées ; certes une contribution volontaire de la part de certains habitants avait permis d'apporter le complément de traitement des frères passés de trois à cinq pour qui la commune versait toujours 1800 francs. Cette délibération reprend une circulaire ministérielle adressée aux préfets qui, s'appuyant sur les dispositions de la loi du 15 mars 1850 (loi Falloux) et celle du 28 juin 1853, rappelle que les communes doivent exiger une rétribution scolaire. Notons au passage qu'un décret du 31 juin 1853 demandait que les listes de gratuité soient soumises aux préfets. Pour en revenir à la contribution scolaire semble-t-il non prévue à Tullins, effectivement en 1859 et en 1862 aucune décision du conseil municipal ne porte mention de l'approbation du montant de cette rétribution scolaire.

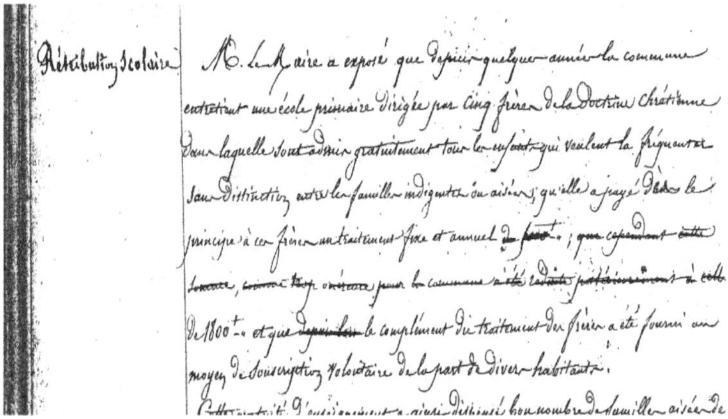

La loi Duruy du 10 avril 1867 oblige les communes de plus de 500 habitants à entretenir une école de filles, et permet aux communes d'établir la gratuité totale. Ce n'est pas pour autant qu'à Tullins on vota cette gratuité totale dans les écoles même si une délibération du 22 mai 1867 en parle (à mots couverts) : « La sollicitude de l'administration supérieure manifestée récemment par la loi votée le 10 avril 1867 à l'égard de l'éducation des filles nous fait un devoir de procurer à celles-ci des conditions d'éducation plus favorables sous tous les rapports et notamment sous celui de la gratuité ». Toutefois remarquons que les élèves admis gratuitement à l'école étaient nombreux, comme le montre la mise en parallèle de la situation scolaire de 1868 et la liste de gratuité[93] pour l'année 1869 :

[93] Archives communales de Tullins, registre des délibérations du Conseil municipal du 27 novembre 1869.

Situation scolaire à Tullins-Fures en 1868					
		Garçons	Filles	Salle d'Asile	Adultes
Tullins	Nombre d'élèves inscrits	250	85 École créée en janvier 1868	Oui Pas de chiffres disponibles	81
	Liste de gratuité	122	Pas de chiffres disponibles	52	
Fures	Nombre d'élèves inscrits	89	Pas de chiffres disponibles	Oui Pas de chiffres disponibles	
	Liste de gratuité	37	20	25	

Cette notion de gratuité semble floue dans son usage, et pour le moins extrêmement difficile à dégager des textes d'archives dont nous disposons. D'une part on peut remarquer l'extrême sollicitude exprimée à l'égard des enfants des familles les moins favorisées, et le nombre important d'élèves accueillis gratuitement dans les écoles. D'autre part on voit arriver petit à petit la notion de « gratuité de l'enseignement ». C'est au moment de cette émergence qu'intervient la loi Duruy de 1867.

Certes la ville de Tullins prend acte de cette loi, mais sans pour autant la mettre en application : il s'agissait d'une « permission » pas d'une « obligation ». Nous avons vu comment et combien cette gratuité pouvait être un danger pour les finances municipales. Ce danger fut assez clairement exprimé par le préfet de l'Isère dans une circulaire du 10 septembre 1869[94] : « En ce qui concerne la question de la gratuité, le conseil général a ajourné encore une fois l'examen pour la considération suivante “la question de la gratuité de l'enseignement” occupe tous les esprits ; elle sera soumise prochainement au corps législatif pour recevoir une solution définitive. Il est donc sage de réserver jusqu'à cette époque l'examen de cette grave et intéressante question qui se mûrira davantage dans les esprits, et à ne pas tenter prématurément une expérience qui épuiserait les ressources départementales et pourrait donner lieu à de nombreux et graves mécomptes ». Ce texte montre que cette question revêtait plus d'importance, dans les esprits, que n'en témoignent les archives de Tullins ; d'autant que l'assemblée départementale n'était pas républicaine. Seules les villes votaient à « gauche », les campagnes préférant des représentants indépendants ou modérés. L'idée faisait son chemin aussi est-ce sans surprise que nous la voyons apparaître, à Tullins, dans le rapport que

---

[94] Archives du département de l'Isère et de l'ancienne province du Dauphiné, série T22

la commission pour la création d'une école laïque du 30 octobre 1870 : « Pour l'accomplissement de sa tâche votre commission Messieurs avait à s'inspirer d'une part du désir unanimement exprimé dans sa séance du 17 octobre par le conseil municipal tout entier et d'autre part de la possibilité de l'application immédiate de ce principe éminemment patriotique et sage, la gratuité complète de l'instruction communale ». Cette application immédiate avait pour objectifs principaux : d'exonérer de la rétribution scolaire ce qui peuvent la payer, exonération mise naturellement à la charge de tous ceux qui paient l'impôt, même les moins aisés. La commission soumettait au conseil municipal les deux résolutions suivantes : un vote unanime en faveur de la gratuité complète de l'instruction communale à partir du 1er janvier 1872, et un vote pour qu'une réforme dans la répartition des impôts vienne corriger les inconvénients que nous avons signalés plus haut. Il apparaît ensuite que la gratuité fut, provisoirement, écartée : « Dans tous les cas il est entendu que les deux écoles communales seront quant à la rétribution scolaire, établies l'une et l'autre dans les mêmes conditions et provisoirement comme par le passé ».

On comprend bien que face aux difficultés financières municipales, aux appels d'argent pour la défense nationale, le conseil ait cru sage de repousser la gratuité à plus tard. Le 11 janvier 1872 le conseil général du département de l'Isère émit un vœu[95] en faveur de la gratuité absolue de l'enseignement par 29 voix contre 12. Dans cette même séance le fait que l'enseignement dusse n'être dispensé que par des laïques fut rejeté par 27 voix contre 13 et 2 abstentions. Est-ce vœu en faveur de la gratuité qui incita le conseil municipal à mettre en application le principe de la gratuité totale ? Nous n'avons pas retrouvé trace d'une délibération très explicite, mais la délibération du

---

[95] Archives du département de l'Isère et de l'ancienne province du Dauphiné, série 1T262

12 novembre 1874 montre que cette décision fut prise car, répondant au préfet qui demandait la liste de gratuité, il fut répondu : « Le conseil ayant admis l'application de la gratuité pour toutes les écoles et en faveur de tous les citoyens qui le demandent, est d'avis qu'il n'y a pas lieu de dresser les listes recommandées par les circulaires ». Mais force doit rester à la loi, et les listes furent dressées.

Les tenants de la gratuité ne s'avouèrent pas vaincus. Ils obtinrent satisfaction définitivement le jour où il fut décidé de supprimer l'école communale congréganiste : le 15 février 1880. Cette délibération est ainsi libellée : « Le conseil municipal appelé à voter la gratuité absolue dans les écoles communales et les salles d'asile,

- Considérant que les avantages de cette mesure, conforme aux vœux de la population, sont vivement réclamés et depuis longtemps par les habitants ;
- Que cette mesure est appelée à donner les résultats les plus favorables au point de vue du progrès de l'enseignement et de la fréquentation des classes ;
- Que l'objection soulevée par la plus grande partie des pères de famille que leur salaire d'ouvriers ou de journaliers ne leur permettant pas de payer la rétribution scolaire, ils n'envoient pas leurs enfants à l'école, disparaîtra par ce fait ;
- Considérant qu'en présence des charges communales existantes la commune ne pourra faire face seule aux dépenses totales de la gratuité et qu'il y a lieu de demander le secours de l'état et du département à concurrence d'une partie de la privation de la rétribution scolaire ;
- À l'unanimité décide qu'il y a lieu d'établir à partir du 1er janvier prochain, la gratuité absolue dans toutes les écoles primaires communales au nombre de cinq, ainsi que dans les deux salles d'asile et demande le concours de l'état

et du département à concurrence de trois mille francs afin de parfaire l'insuffisance des ressources ».

L'instauration de la gratuité coûtait cher aux finances communales malgré l'aide de l'État et celle du Département qui n'étaient ni automatiques ni systématiques ; il fut donc fait appel à l'impôt au moyen « Du vote de 4 centimes permettant la gratuité absolue » obtenue par 17 voix contre 7, une abstention et un vote pour l'ajournement[96]. La loi Ferry du 16 juin 1881 vint confirmer et institutionnaliser cette décision en instaurant la gratuité des écoles primaires publiques. Ceci n'arrangeait pas pour autant les finances communales car par exemple le 7 août 1881 la commune de Tullins, une fois épuisés les centimes pour la gratuité, dut demander, une fois encore, une aide à l'État. La commune sut faire valoir l'esprit précurseur qu'elle avait manifesté, pour obtenir une augmentation de la subvention qu'elle sollicitait en 1883 pour la construction du groupe scolaire de Fures[97] : « Considérant qu'il résulte de l'exposé sincère de la situation communale qui précède, que l'on ne peut pour cette affaire élever les sacrifices consentis, avec d'autant plus de raisons que des communes limitrophes dans une situation économique des plus avantageuses ; pouvant équilibrer leurs budgets avec des revenus proprement dit-on en des subventions bien supérieure à celles sollicitée ; qu'il paraîtrait d'ailleurs injuste de la réduire attendu que bien avant l'établissement de la gratuité obligatoire, le conseil municipal avait déjà établi cette gratuité dans toutes les écoles et salles d'asile au nombre de 7, on peut presque dire au détriment d'autres services importants qui ont été ajournés ou réduits et que cette façon de procéder aurait pour effet de mettre dans une position inférieure aux autres

[96] Archives communales de Tullins, registre des délibérations du Conseil municipal, délibération du 16 juin 1880

[97] Archives communales de Tullins, registre des délibérations du Conseil municipal, délibération du 13 mars 1883

communes subventionnées la commune de Tullins qui est celle ayant le plus lourd budget scolaire et donné la première la gratuité » (l'orthographe et l'écriture d'origine ont été conservées).

Nous venons de voir que si la gratuité ne donna pas lieu à des débats aussi violents et passionnés que la laïcité, elle n'en rencontra pas moins nombre de difficultés et d'obstacles avant de pouvoir être instaurée. D'autre part, comme pour la laïcité, Tullins fut parmi les précurseurs. En fut-il de même pour le troisième volet du triptyque de l'école républicaine : l'obligation ?

Dans le chapitre suivant nous allons nous pencher sur la notion d'obligation scolaire et explorer les archives pour, éventuellement, l'en extraire. D'emblée, cependant, nous pouvons écrire qu'indépendamment de la notion d'obligation, les élus tullinois étaient pour le moins persuadés du lien existant entre la gratuité et la fréquentation[98] : « Que cette mesure [la gratuité] est appelée à donner les résultats les plus favorables au point de vue du progrès de l'enseignement et de la fréquentation ». Aussi allons-nous étudier de concert « obligation et fréquentation ».

[98] Archives communales de Tullins, registre des délibérations du Conseil municipal, délibération du 15 février 1880

Chapitre IV : l'obligation

À aucun moment entre 1842 et 1882 les délibérations du conseil municipal ne portent mention de « l'obligation » scolaire ni d'instruction. Parfois seulement il est fait une allusion à la fréquentation comme nous avons pu le voir dans les chapitres précédents. Par ailleurs, en 1882 l'obligation fut appliquée sans qu'aucun commentaire n'apparaisse dans les délibérations du conseil municipal. Que peut-on penser, a priori, de cette constatation ? Considérait-on que l'obligation découlât ipso facto de la gratuité et de la laïcité de l'enseignement ? Ou, la fréquentation avait-elle atteint un tel niveau que l'obligation ne venait qu'entériner un état de fait ?

Dans l'état des données archivistiques qui sont les nôtres, il est difficile de donner une réponse immédiate. Aussi allons-nous tenter quelque explication en étudiant deux pistes de recherche. L'une consistera à suivre l'évolution de la fréquentation des écoles ; et d'évidence si elle s'avère élevée avant 1882 on comprendra l'absence d'engouement pour un débat sur l'obligation. L'autre nous fera rechercher les oppositions à l'inscription d'enfants dans les écoles ; un nombre modéré nous amènera à corroborer l'hypothèse précédente.

IV - 1 : la fréquentation

Les chiffres que nous présentons dans le tableau suivant proviennent de deux sources d'archives : les archives communales de Tullins, série 1 R 2, pour les années 1831 et 1882, les archives départementales, série 1 T 32, pour les années à partir de 1870. Il s'agit des enquêtes sur les effectifs scolaires. Pour les années 1866 et 1868, les chiffres proviennent de la série T 495 qui regroupe les rapports d'inspection. Quant aux chiffres de population ils sont ceux des tableaux de recensement conservés aux archives communales dans la série F. Tous ont donné lieu à une vérification aux archives départementales, et ont été confrontés avec ceux mentionnés dans divers documents de la sérié T des archives départementales.

Année	Population communale	Enfants scolarisés
1831	3765	340
1866	4830	332
1868	4523	424
1870	4893	402
1871		554
1872	4893	569
1873	4834	626
1874		514
1875		529
1876	4881	479
1877		520
1878		526
1880	4881	411
		Population des enfants de 6 à 13 ans
1881	4757	511
1882		490

Ce tableau des effectifs montre que le taux de scolarisation a toujours été très élevé. Mis à part pour 1881 et 1882 nous n'avons pas trouvé la statistique concernant les enfants de 6 à 13 ans, mais si nous appliquons un taux variant de 9 à 10% (sans doute surestimé) nous ne constatons de déficit significatif que pour 1870. Peut-on, concernant cette année de trouble, émettre deux hypothèses pour expliquer le déficit de la scolarisation : soit le chiffre de population n'est pas exact, soit, compte-tenu des troubles, préférait-on garder les enfants à la maison, les garçons notamment pour aider aux travaux de la ferme par exemple.

Nonobstant cette année 1870, nous voyons donc que la scolarisation atteignait un taux élevé qui était analogue à celui que l'on rencontrait dans l'ensemble du département de l'Isère. La statistique des élèves en 1874 dans l'arrondissement de Saint-Marcellin[99] indique un taux de fréquentation de 95,75% (qu'il faudrait analyser au regard des variations saisonnières importantes en milieu rural). Le canton de Tullins se plaçait en 1873 et 1874 à la 9e place des cantons du département quant à son taux de fréquentation scolaire. On peut cependant penser que cette place devait être meilleure concernant la commune de Tullins seule car certaines communes du canton très rurales scolarisaient peu leurs enfants. Ces premières constatations nous permettent de voir que l'obligation arrivait sur un terrain largement défriché. Nous dirons que la population était convaincue du bien fondé et des bienfaits de la scolarisation ; donc ce ne fut pas pour elle un inconvénient de satisfaire à l'obligation, d'autant que la gratuité l'accompagnait.

Voyons toutefois s'il y eut des réticences à l'inscription des enfants à l'école en 1882.

---

[99] Archives du département de l'Isère et de l'ancienne province du Dauphiné, série 326

IV - 2 : les réticences

Le registre de recensement des enfants de 6 à 13 ans (1er page en annexe 7) ouvert en mairie de Tullins le 1er octobre 1882 en application de la loi du 28 mars montre que :

- 18 filles et un garçon travaillent à la fabrique, 3 garçons sont domestiques agricoles et un est apprenti chaudronnier. Tous sont nés en 1869. Parmi eux 7 ont déjà été scolarisés ; pour les 16 autres le registre ne porte aucune mention de scolarité antérieure ;

- pour 16 enfants c'est la commission scolaire qui choisit l'école. Parmi ceux-là 7 ont déjà été scolarisés. Pour les 9 autres le registre ne porte pas mention de scolarité antérieure ; pour 6 d'entre eux il n'y a pas de date de naissance, un est né le 23 janvier 1869, un en 1874 et deux en 1875.

Là encore nous pouvons constater que seulement 16 enfants risquaient de n'être pas scolarisés sur une population de 490 enfants de 6 à 13 ans. Quant à ceux âgés de 13 ans qui pouvaient être dispensés d'école, 7 sur 23 avaient déjà été scolarisés ; pour les autres il existe plus d'incertitude que de certitude quant à une non-scolarisation. L'absence de mention ne nous semble pas significative d'une non-scolarisation.

Avant d'en terminer avec ce chapitre mentionnons que pour trois filles leur père avait choisi de les maintenir à domicile. Six enfants fréquentaient une école dans une autre ville : cinq au lycée de Grenoble, un au collège de Saint-Marcellin, un dans un pensionnat privé à Grenoble, un chez les enfants de troupe et un au petit séminaire de Sainte-Foy-l'Argentière.

On voit donc en tout et pour tout qu'il n'y eut pas de vraies réticences à l'obligation scolaire. Pour l'anecdote nous apportons dans les pages suivantes quelques lettres portant mention d'un refus de scolarisation ; ce qui n'est pas synonyme d'un refus de donner « l'instruction », et rappelons que la loi de 1882 rendait obligatoire l'instruction, pas la scolarisation.

Cependant inscription dans une école ne signifiait pas fréquentation assidue, surtout à la campagne où les travaux des champs requéraient force bras l'été. La commission scolaire avait pour mission de s'enquérir des raisons des absences lorsque celles-ci atteignaient au-moins quatre demi-journées par mois. Nous trouverons page suivante un formulaire de convocation et une lettre de motif. Il aurait été intéressant d'étudier pour 1883 et 1884, au moins, les taux d'absentéisme et les mois de taux forts, malheureusement nous n'avons retrouvé que quelques registres ; trop peu pour en extraire une statistique convenable.

Louis Guelle
agé de 8 ans ne peut
pas faire la course pour
allé a l'école du vert a
Tullins il est trop
d'un petit temsérament.

Je luis fait l'école
moi-même l'hivert
Guelle

SOUS-PRÉFECTURE
de
SAINT-MARCELLIN
(Isère)

Saint-Marcellin, le 4 Juillet [18]83.

[illegible]

Monsieur le Maire,

Vous avez informé M. le Préfet que le Sr Jacquin Alexandre, père de famille demeurant dans votre commune, atteint de folie, ne veut en aucune façon se séparer de ses enfants et refuse absolument de les envoyer à l'école.

Il résulte des renseignements que j'ai recueillis que le susnommé serait en effet atteint d'aliénation mentale.

Dans ces conditions, je vous prie de provoquer, le plus tôt possible, la nomination d'un tuteur pour l'éducation des enfants Jacquin et la surveillance de l'ensemble de leurs intérêts.

Agréez, Monsieur le Maire, l'assurance de ma considération la plus distinguée.

Le Sous-Préfet,

Ed de [illegible]

Monsieur le Maire de [illegible].

PEIGNERIE DE CHANVRES

Rites en toutes Qualités

CHANVRES ÉCRUS ET BATTUS.

LOUIS VIAL

A FURES

PRÈS TULLINS (ISÈRE).

SPÉCIALITÉ DE NOIX
POUR DESSERT

Fures, le 2 janvier 1888

Monsieur le Maire
Tullins

Mon enfant se trouvant d'un tempérament très délicat je demande à ce que vous m'autorisiez à profiter de l'article de loi qui accorde aux pères de famille le droit de faire instruire leurs enfants chez eux.

Agréez monsieur mes salutations empressées.

Vial Louis fils

DÉPARTEMENT de l'Isère

ARRONDISSEMENT de St Marcellin

CANTON de Tullins

COMMISSION SCOLAIRE MUNICIPALE

de Tullins

LOI DU 28 MARS 1882.

« Art. 12. — Lorsqu'un enfant se sera absenté de l'école quatre fois dans le mois, pendant au moins une demi-journée, sans justification admise par la Commission municipale scolaire, le père, le tuteur ou la personne responsable sera invitée, trois jours au moins à l'avance, à comparaître, dans la salle des actes de la mairie devant ladite Commission, qui lui rappelera le texte de la loi et lui expliquera son devoir.

« En cas de non-comparution, sans justification admise, la Commission appliquera la peine énoncée dans l'article suivant. »

La Commission scolaire municipale de Tullins

Vu l'article 12 de la loi du 28 mars 1882,

Attendu que l'élève (1) Bernard Guelle Jean s'est absenté de l'école (2) privée de garçon ensemble 8 (3) fois, pendant le mois de (4) décembre & janvier sans justification admise,

Invite le sieur (5) Bernard Guelle Joseph à comparaître dans la salle des actes de la mairie le (6) jeudi 28 courant à 2 heure du soir

Faute de quoi ledit sieur (7) Bernard Guelle se verrait appliquer la peine prévue par l'article 13 de la loi précitée.

Fait à Tullins, le 28 février 1884.

Pour la Commission : (8)

Le Maire

Louis Pellat

(1) Nom et prénoms de l'élève.
(2) Désignation de l'école.
(3) Nombre des absences.
(4) Indiquer le mois.
(5) Nom du père, du tuteur ou de la personne responsable.
(6) Indiquer le jour et l'heure.
(7) Rappeler le nom de personne citée.
(8) Signature du Maire ou à défaut du délégué de l'administration ou de l'inspecteur primaire

Instruction publique n° 116
Paris-Imp. PAUL DUPONT (Cl.) 763.8.83.

Monsieur mon fils s'est absenté pour cause de maladie à cause du mauvais temps de la neige. Je sais que la loi est obligatoire mais les enfants ne doivent faire que trois kilomètres de chemin et nous nous en avons 5 que l'on passe les écoles à destination et il ne s'absentera pas

Nanez Gielly

27 Janvier 1881

IV - 3 : les conscrits

Faute d'une donnée statistique relative au taux d'absentéisme particulièrement significative, essayons de mesurer le bénéfice de l'obligation scolaire et de l'article 12 de la loi, article relatif aux absences. Ce bénéfice peut, avec prudence, se mesurer par le taux d'illettrisme chez les conscrits présentés au conseil de révision. Effectivement nous pouvons poser comme présupposé qu'une meilleure fréquentation de l'école devrait induire une amélioration du niveau des connaissances. Une fois encore, nous prendrons les chiffres suivants avec beaucoup de circonspection car d'une part ils représentent une très faible population dont les échantillons ne sont pas statistiquement représentatifs, d'autre part les critères recherchés à certaines époques ne recouvrent pas à l'identique ceux de l'époque suivante. Par exemple à partir de 1890 les documents ne portent plus la mention « lire et compter ». De ce fait nous avons amalgamé les données ; nous intéressant à ceux des conscrits illettrés, à ceux sachant au-moins lire, à ceux exemptés ou engagés pour lesquels le niveau de culture n'est pas indiqué. Nous avons retenu deux grandes périodes. Ce choix fut dicté d'une part par les archives dont nous disposions[100], et par le fait que les enfants scolarisés en 1882-83, entre 6 et 9 ans, eurent l'âge du service militaire entre 1893 et 1896.

---

[100] Archives communales de Tullins, séries H et Archives du département de l'Isère et de l'ancienne province du Dauphiné, série R

	Illettrés	Sachant au-moins lire	Exemptés
1879	2	32	3
1880	1	45	4
1881	1	38	7
1882	1	43	
1893		42	
1894		47	1
1895		25	25
1896			

Taux d'illettrisme chez les conscrits

Ces chiffres, quoique ayant une signification relative due aux raisons que nous indiquions plus haut, sont du même ordre que ceux du département où le nombre d'illettrés était de 19% en 1861 et de seulement 9% en 1877. Ainsi « l'obligation » n'eut guère d'incidence sur la vie publique à Tullins. Certes, comme partout ailleurs, elle dut améliorer la fréquentation des salles de classe, supprimant vraisemblablement et de façon notable l'absentéisme durant l'été. Les taux de fréquentation élevés peuvent, sans doute, s'expliquer par deux hypothèses : pour la partie rurale de la commune, la grande majorité des exploitations recourait à des domestiques agricoles, et pour la partie industrielle qui représentait un tiers de la population de la commune, le besoin de faire travailler les enfants était nettement inférieur à celui qui existait en ville, d'autre part la loi de 1848 avait interdit l'embauche d'enfant de moins de 8 ans, la Loi

Joubert de 1874 porta l'âge minimum d'embauche à 12 ans. Ici les ouvriers agrémentaient leur revenu salarial par un jardin et quelques menus travaux, donc le salaire que pouvaient rapporter les enfants n'était plus nécessaire. Il serait imprudent de lier trop rapidement cette fréquentation élevée au climat socio-politique de la commune, bien qu'on puisse penser que d'une part le travail « en profondeur » des républicains pour éduquer les populations, et d'autre part le besoin de main-d'œuvre de plus en plus qualifiée nécessaire aux industries de Fures, aient vraisemblablement eu une influence. Peut-être pouvons-nous faire se rejoindre cette analyse avec l'engouement et l'attachement, qu'à Tullins comme à Fures, les édiles eurent à voir s'ouvrir et se développer des écoles qu'elles fussent publiques ou privées, avec ou sans pensionnat.

Conclusion

Au début de la troisième partie de son livre Jules Simon[101] imagine un discours du trône qui dirait la vérité : « Nous avons encore 10 119 communes qui ne sont pas propriétaires de leur maison d'école ; ... 1018 communes où les moyens d'instruction font complètement défaut. [...] Ils ne disent pas : “Sur plus de 5 millions d'enfants qui devraient fréquenter les écoles, 884 887 n'y sont même pas inscrits, et ne font pas le simulacre d'un effort pour acquérir l'instruction. Des 3 133 540 enfants inscrits, la moitié se fait inscrire par manière d'acquit, passe trois ou quatre semaines sur les bancs de l'école, et disparaît aux premiers jours du printemps pour revenir tout aussi ignorant l'année d'après”. [...] Tout homme de cœur, tout bon patriote déclarerait qu'il faut laisser là les guerres même utiles, les travaux même nécessaires, les œuvres d'art même glorieuses... Et faire en sorte, à force de zèle et de sacrifices que tous les enfants apprennent à lire... Et qu'après l'avoir appris, ils ne l'oublient plus ». Pour atteindre ce but Jules Simon préconisait « L'Instruction obligatoire » dans son ouvrage qui lui est en fait consacré. Car comme il l'écrit en exergue du chapitre II de la troisième partie : « Pour que tous les enfants apprennent à lire, il ne suffit pas d'avoir partout des écoles, et de bonnes écoles » ; évidemment, comme l'écrit Jules Simon, non seulement les écoles sont nécessaires, mais encore faut-il que les élèves les fréquentent assidûment.

À Tullins-Fures l'obligation d'instruction, voulue par la loi du 28 mars 1882, ne rencontra pas d'obstacle ; le taux de fréquentation, nous devrions dire d'inscription, dans les écoles fut entre 1831 et 1881 particulièrement élevé : 98,5% (ADI T 258) disent les archives pour 1881. Tullins se

[101] Simon, J., L'École, Paris, Librairie internationale, 1865.

trouvait alors dans un vaste mouvement social en marche, en France, depuis au moins dix ans, même si en 1878 on dénombrait encore 600 000 enfants non-scolarisés d'après la page d'information du Site de Gouvernement[102].

Il en alla autrement pour la laïcité qui fit l'objet de querelles fortes. Comme le montre l'amendement que Monsieur Blanchet, industriel à Fures, déposa le 18 mai 1872 tendant à maintenir les Frères des Écoles Chrétiennes dans leur fonction d'instituteur dans une école qui devenait, à Tullins, laïque. On trouve une position analogue dans la délibération du conseil général de l'Isère qui émit un vœu en faveur de la gratuité totale tout en refusant d'imposer que les instituteurs soient obligatoirement laïques[103]. À cette tendance s'opposait celle des républicains pour qui l'école est affaire d'État, devoir d'État donc ne doit en rien être soumise à quelque religion que ce soit. C'est ce que rappelle Jules Ronjat[104] dans un fascicule[105] : « L'état qui représente tous les citoyens, ne peut enseigner aux uns que Jésus Christ est Dieu, comme on l'enseigne aux catholiques ; aux autres

---

[102] Jules Ferry rend l'enseignement primaire obligatoire | Gouvernement.fr , consultée le 16 novembre 2021.

[103] Archives du département de l'Isère et de l'ancienne province du Dauphiné, série 1T262

[104] Jules RONJAT, auteur de : "Instruction primaire : obligation, gratuité, laïcité" (BMG V 11620),
Né à Vienne (Isère) le 20 janvier 1827 / Décédé à Hyères le 15 décembre 1892. Élève de l'École d'Administration / Licencié en droit / Avocat inscrit barreau de Paris en 1851. Il revient à Vienne en 1861 : Entre au conseil municipal, sous-préfet du 9-9-1870 au 13-10-1870, nommé procureur général de la Cour d'Appel de Grenoble le 12/01/1871 ; révoqué le 24/03/71. Devient Maire de Vienne, Conseiller général du canton de Heyrieu, Sénateur le 8-01-79, s'inscrit au groupe de l'Union Républicaine. Il est Nommé avocat près la Cour de cassation le 13-01-80 ce qui l'oblige à démissionner du Sénat pour raison d'incompatibilité de mandats. Il est nommé Procureur Général le 11 mai 1888.

[105] Bibliothèque d'études et de recherches de Grenoble, V11620

que Jésus Christ fut un faux prophète comme on l'enseigne aux Juifs ; [...] la science à l'école, enseignée par l'instituteur ; la religion au temple, enseignée par le prêtre ; [...] Non seulement l'instituteur public, rétribué par l'État ou la commune, ne doit pas enseigner la religion, mais il doit être laïque et non congréganiste. »

La mise en place de la gratuité de l'école voulue par la loi de 1881 ne rencontra pas d'obstacles à Tullins-Fures car elle a été précocement appliquée à Tullins lorsqu'on regarde l'ampleur des listes de gratuité qui compensaient amplement la contribution scolaire demandées aux familles les plus aisées. D'autre part les Ursulines accueillaient essentiellement des élèves « gratuites », et les Frères ne percevaient pas de contribution scolaire. Très logiquement, à la fois parce qu'une quasi-gratuité existait déjà et parce que le conseil municipal était républicain, Tullins choisit d'instaurer la gratuité totale dès le 15 février 1880, soit un an avant le vote de la loi Ferry comme c'était le cas pour 7000 communes de France[106].

Ainsi, si les Lois Jules Ferry ont été mises en œuvre sans opposition véritable à Tullins-Fures c'est en raison d'un climat social particulier, qui pour autant ne fait pas exception en France, où les édiles locaux étaient républicains ou proches des idées républicaines pour certains d'entre eux ils l'étaient depuis bien avant l'instauration de la République. Ce sont donc des conseils municipaux favorables aux idées transcrites dans les Lois Jules Ferry qui ont présidé depuis le début du 19e aux destinées de la ville, donc de ses écoles ; seules des contingences financières ont entravé, à certaines périodes, les projets municipaux relatifs aux écoles.

---

[106] Jules Ferry rend l'enseignement primaire obligatoire | Gouvernement.fr , consulté le 16 novembre 2021.

Il y avait bien à Tullins-Fures une opposition à la République mais la fin du 19e ayant été moins prolixe de rapports que le Second Empire nous manquons d'éléments d'analyse, cependant il n'apparaît pas qu'elle se soit beaucoup manifestée au moment de mettre en œuvre les Lois Jules Ferry. On peut s'en étonner car on comprend mal que la cinquième ville du département n'accueillit pas de manifestation d'hostilité comme ce fut le cas à Grenoble par exemple. Effectivement la capitale du département reçut le 15 février 1880 une conférence de Monsieur Jacquier contre les projets Ferry[107]. Mais il faut souligner qu'à Tullins la population était moins politisée qu'il n'y paraît, alors pourquoi l'opposition à l'obligation d'instruction aurait-elle été vive ?

Ce faible engouement pour la politique puise vraisemblablement son origine dans une sorte de démobilisation de la population qui recouvre la lassitude que pouvait ressentir cette population très éprouvée par les événements qui marquèrent la vie municipale entre 1853 et 1880 : l'affaire Koenig, l'affaire de l'église de Fures puis du cimetière, les incartades et les démissions des maires, l'affaire de la « séparation » entre Fures et Tullins. D'ailleurs cette dernière affaire a mis en évidence à la fois l'influence qu'avaient les industriels de Fures et la quasi-docilité voire soumission de la population du faubourg à leur endroit. Or nous savons combien ces industriels, éclairés et progressistes, étaient assez favorables à ce que leur main-d'œuvre soit instruite à minima, même s'ils redoutaient les effets pervers possibles de cette éducation.

[107] Ce sont 1200 personnes qui assistèrent à cette conférence. Toutefois, remarquons que ce ne sont, cependant, que 2% de la population grenobloise qui ont assisté à cette réunion à une époque où les conférences de ce genre attiraient des foules souvent nombreuses.

On voit donc ici se rencontrer, confluer deux tendances : celle des industriels et celle des militants de l'instruction obligatoire. C'est là que nous trouvons l'explication possible du manque de véhémence de l'opposition politique : la convergence des intérêts des industriels[108] et des idées des républicains. Seuls quelques notables « terriens » pouvaient refuser l'instruction obligatoire à l'image de ce qu'en rapporte Théodore Zeldin[109] : « L'essor des usines pouvait, au début, constituer un obstacle direct à l'extension de l'éducation. Les classes supérieures étaient en général indécises ou méfiantes : elles craignaient que les enfants des paysans, dès qu'ils sauraient lire, désertent la campagne ; il deviendrait impossible de trouver des laboureurs ou des métayers. [...] Plusieurs maires de la Gironde déclaraient que l'éducation pour tous produirait des paysans indociles, fainéants et raisonneurs. [...] Les notaires de la Corrèze, rapportait un autre inspecteur, essayaient d'empêcher que les subventions soient faites aux écoles parce que "quand chacun saura signer, [ils auront] moins de procurations, moins de quittances" ». Or à Tullins les « bourgeois terriens » perdaient de plus en plus de leur influence au profit de la nouvelle bourgeoisie formée par les industriels de Fures, d'autre part rien garantirait qu'ils ne fussent pas favorables à l'obligation d'instruction et à la gratuité des écoles ; seule la question de la laïcité pouvait les heurter et nous avons vu que c'est sur cette question que les conseils municipaux rencontrèrent le plus d'opposition.

Tullins dont nous savions qu'elle était républicaine en 1880-1881 après que les idées républicaines y avaient prospérée depuis des années, possédait déjà, en quelque sorte, tout l'arsenal idéologique, culturel et social nécessaire

[108] Pour lesquels nous n'avons pas pu trouver d'appartenance à la Franc-Maçonnerie ou au Saint-Simonisme.
[109] Zeldin, Th., Histoire des passions françaises, Tome 2, Paris, Seuil, 1977 (1980).

à l'application des Lois Ferry ; donc nul éclatement, nul débordement, nulle explosion n'étaient à attendre en ces « années Ferry ». Tout existait, rien n'était vraiment à inventer mais beaucoup restait à bâtir.

Seule la laïcisation des écoles posa de réelles difficultés malgré de notables tentatives comme la création d'une école laïque à l'occasion de l'achat de la maison Nappey en 1842. Oui, mais ce ne fut pas, car se posait un problème financier qui montre qu'il y a loin de l'idée à la mise en pratique. Ouvrir une école laïque aurait coûté plus cher que de créer une école congréganiste notamment en raison de legs qui imposaient cette clause.

Que devient l'idée selon laquelle Tullins aurait été avant-gardiste ?

Il convient de bien distinguer ici deux aspects : l'idée d'une part, et la « faisabilité » d'autre part. La « faisabilité » revêt à notre sens deux éléments. Le premier consiste en l'existence, ou non, d'une possibilité légale qui renforce une volonté « idéologique » : nous avons vu pour la gratuité que jusqu'en 1867 il n'était pas prévu légalement qu'elle fut instaurée par une commune. La gratuité nous a permis de rencontrer l'autre élément constitutif de la « faisabilité » : les moyens financiers. Qu'on les possède et l'idée peut être concrétisée ; qu'ils soient absents et l'idée demeure en l'état. Ce fut le cas en 1842 pour l'école laïque, par exemple. Or à Tullins s'il y eut « avant-gardisme » ce fut bien au niveau des idées. Nous avons pu voir, notamment pour la laïcité, le long et méticuleux développement de l'idée républicaine. Chaque fois que les républicains accédaient au pouvoir local, notamment Régis Masson, on voit apparaître la notion de laïcité dans les débats du conseil municipal. C'est sans doute ce long travail des militants supposés et des élus républicains que nous avons rencontrés, qui amena la création dès 1871 de la « SOCIETE POUR L'INSTRUCTION REPUBLICAINE ». Et sans doute aussi l'action conjuguée de ces deux éléments rencontrant les besoins de l'industrie fit que les deux des aspects des Lois Ferry (gratuité de l'école et obligation d'instruction) existèrent à Tullins un an avant la promulgation des lois.

Ainsi Tullins ne fut pas « avant-gardiste » tout au plus, et cela est beaucoup, possédait-elle un fort et actif noyau républicain qui de 1846 à 1880 n'eut de cesse de faire triompher ses idées. Sans doute fut-il soutenu par les industriels de Fures dont certains n'étaient sans doute pas acquis aux idées républicaines. On peut supposer que les idées républicaines diffusaient dans tous les milieux sociaux portées par des discours comme ceux de Jules Ronjat pour qui l'État pourvoyant aux grands services d'intérêt général (justice, santé ...), doit prendre en charge l'École qui doit être financée par l'impôt. Elle doit donc être gratuite, d'autant, dit-il, que l'établissement des listes de gratuité entraîne la division de la commune, surtout les plus petites d'entre elles, en deux clans : les riches et les pauvres. Suivant cette idée, et rétorquant à l'objection suivant laquelle il serait injuste de faire payer ceux qui n'ont pas d'enfants, il écrit : « L'école gratuite est le berceau de la fraternité ». Ce sont ces idées qui se sont déployées et développées à Tullins-Fures et ce n'est que faute de moyen financier qu'elles n'ont pas été précocement mises en œuvre alors qu'elles occupaient les délibérations du conseil municipal.

Nous dirons donc de Tullins que les idées républicaines y étaient fortes, puissantes et que cela entraîna la ville, autant que cela se pouvait, à sinon aller au-delà de la loi, du moins à précéder de peu sa promulgation comme ce fut le cas pour l'école laïque et gratuite en 1880 : seules des laïques dirigeaient l'école communale totalement gratuite alors que l'obligation d'un personnel laïque ne fut instaurée qu'en 1886 par la loi Gobblet. Mais en règle générale force restait à la loi et surtout aux capacités financières de la commune.

Ainsi, l'histoire des écoles de Tullins-Fures, petite ville à l'intersection entre une société rurale et marchande ancienne et une société industrielle naissante et progressant au fil du 19e siècle, confirme que les Lois Jules Ferry ne procèdent pas d'une sorte de génération spontanée, mais qu'elles sont l'aboutissement d'une longue évolution qui permit ce qui fut, sans doute, la plus grande réforme de l'École mettant la société et son évolution sociaux économique en adéquation en élevant l'École au rang d'institution de l'État et de la Nation rappelant comme le développait Max Weber et que rappelle Laurent Fleury[110] que « les faits n'existent ni en dehors de leur contexte de production, ni en dehors du sens qu'on leur donne. »

Aujourd'hui il semble que l'École soit inscrite dans la continuité des Lois Jules Ferry comme un insecte dans de l'ambre, donnant l'impression d'une institution figée. Seule la loi Haby de 1972 a marqué une véritable rupture et permit, dans une contestation forte, une évolution, inachevée ou mal achevée, de nature à mettre l'École en accord avec sa société. Or il apparaît, de plus en plus chaque jour, que l'École française n'est plus en adéquation avec la société française. Dès lors, au regard de l'Histoire, nous pouvons nous poser la question du devenir d'une École qui s'éloigne de sa société et qui fonctionne sur des bases et des structures élaborées en adéquation avec une société vieille d'un siècle et demi.

---

[110] Fleury, L., Max Weber, Paris, PUF, 2000.

Addenda

L'histoire des écoles de Tullins-Fures ne s'arrête pas à la période de la mise en œuvre des Lois Jules Ferry.

Le groupe scolaire de Fures fut inauguré en 1890. Le Groupe scolaire de Tullins inauguré en 1898 regroupait l'école de filles et l'école de garçons. Il accueillait aussi l'enseignement primaire supérieur intégré à l'école primaire : le cours complémentaire. Sous la pression de l'augmentation des effectifs scolaires, les trois classes de l'école des filles rejoignirent une maison place de la Halle pour laisser de la place pour accueillir le cours complémentaire, mixte bien que filles et garçons étaient séparés au moment de la récréation.

La loi du 15 août 1941 due à Jérôme Carcopino supprima les écoles primaires supérieures mais permit le maintien des cours complémentaire. Les écoles primaires supérieures, les écoles pratiques du commerce et de l'industrie et les cours pratiques deviennent des « collèges modernes » ou des « collèges techniques » et sont intégrés à l'enseignement secondaire. Le décret du 6 janvier 1959 qui transforma les cours complémentaires en collèges d'enseignement général (CEG). Dès 1956 la ville de Tullins avait décidé de la construction d'un nouveau collège avec une section de secrétariat et une section d'enseignement technique. La route administrative était longue et sinueuse, le nouveau collège ne fut inauguré qu'en 1967. Toutefois, au regard de l'augmentation des effectifs dès 1966 la municipalité sollicita qu'il soit nationalisé. Ce fut accepté mais la commune restait propriétaire des locaux et s'engageait à supporter les grosses réparations et les dépenses d'entretien : ce qui conduisit à la création d'un Syndicat intercommunal de gestion du collège (SIGEC), avant que l'État ne prenne en charge l'entretien des collèges qui basculeront dans le domaine des compétences des département avec les lois de décentralisation de 1982 et 1983. Le collège de Tullins a suivi l'évolution des collèges d'enseignement secondaire (CES) puis des collèges, il a fait face à la suppression des classes de fin d'études primaires puis à la loi Haby de 1975 qui créa un collège unique par rapprochement et par « fusion » des trois filières qui étaient proposées aux élèves à la sortie de l'école élémentaire : une filière générale qui conduisait au lycée, une filière courte sanctionnée par le Brevet Élémentaire et le Brevet supérieur qui conduisaient à la vie active comme la troisième filière qui était l'apprentissage dédié aux métiers « manuels ».

Les écoles maternelles ne furent pas oubliées, la ville dans les années 1960 fit construire une nouvelle école à Fures qui fut partiellement détruite par un incendie en mai 2019, pour Tullins la nouvelle école maternelle ne fut construite que dans la seconde moitié de la décennie 1970-1980.

Bibliographie

Aulard, Alphonse, Histoire politique de la Révolution française, Paris, Armand Colin, 1903

Barnave, Antoine, De la Révolution et de la Constitution, Paris, 1793, réédition Grenoble, PUG, 1988

Beltran, Alain, Griset Pascal, La croissance économique de la France de 1815 à 1914, Paris, Armand Colin, 1988

Bligny, Bernard, L'Histoire du Dauphiné, Toulouse, Privat

Carpentier, Jean, Lebrun, François, Histoire de France, Paris, Seuil, 1987

Chagny, Marcelle, Aspects de la vie quotidienne en Isère du XVIII° au début du XX° siècle, Grenoble, CRDP, 1982

Cherkaoui, Mohamed, Sociologie de l'éducation, Paris, PUF, 1986

De Corcelles, Jean-Jacques, Grenoble autrefois, Roanne, Horvath, 1988

Elul, Jacques, Histoire des institutions, T5, Paris, PUF, 1979

Fleury Laurent, Max Weber, Paris, PUF, 2000

Gal, Roger, Histoire de l'éducation, Paris, PUF, 1967

Gontard, Maurice, in Histoire Mondiale de l'Éducation, T3, PUF, 1981

Leif, Joseph, Rustin, Georges, Philosophie de l'éducation, T1, Paris, Fernand Nathan, 1972

Lelièvre, Claude, Histoire des institutions scolaires, Paris, Fernand Nathan, 1990

Léon, Antoine, Histoire de l'enseignement en France, Paris, PUF, 1967 (1986)

Malte-Brun, Victor Adolphe, Isère, Grenoble, 1882

Mayeur, Jean-Marie, Les débuts de la III° République, Paris, Seuil, 1973

Mégrine, Bernard, La question scolaire en France, Paris, PUF, 1964

Mialaret, Gaston, Vial, Jean, Histoire mondiale de l'éducation, Paris, PUF, 1981

Muzy, J, Notice sur la région industrielle arrosée par la Fure, La Morge et l'Ainan, Voiron, Baratier et Mollaret, 1889

Parias, Louis-Henri, Histoire générale de l'enseignement et de l'éducation en France, Paris, G.-V. Labat, 1981

Perrin, Jacqueline, L'enquête de 1848 sur le travail en Isère, Grenoble, Centre de recherche d'histoire économique, sociale et institutionnelle, 1985

Reboul-Scherrer, Fabienne, La vie quotidienne des premiers instituteurs, Paris, Hachette, 1989

Rémond, René, Introduction à l'histoire de notre temps, T2, Paris, Seuil, 1974

Simon, Jules, L'école, Paris, Librairie internationale, 1865

Solé, Jacques, La Révolution en question, Paris, Seuil, 1988

Timbal, Pierre-Clément, Castaldo, André, Histoire des institutions et des faits sociaux, Paris, Dalloz, 1979

Teixera, Antonio, Tullins-Fures face au déclin industriel, Grenoble, (mémoire) Institut d'Études Politiques, 1983

Valette, Jacques, Wahl, Alfred, Les Français et la France, 1859-1899, Paris, SEDES, 1986

Zeldin, Théodore, Histoire des passions françaises, T2, Paris, Seuil, 1977 (1980)

ANNEXES

annexe I

Prospectus pour un établissement des Frères des Ecoles Chrétiennes.

L'institut des frères des écoles Chrétiennes, fondé en 1680, par le Vénérable Jean Baptiste de la Salle, Prêtre, docteur en théologie et chanoine de Reims, a été rétabli de fait, en France en 1804, le décret impérial du 17 mars 1808 (art. 109) portant organisation de l'université, le reconnut et ordonna le visa des statuts qui le régissent; ces statuts furent en effet visés par le Grand Maître en conseil de l'université, le 22 Juin 1810. Etant ainsi reconnu par l'Etat, cet institut jouit de tous les droits civils attachés aux établissements d'utilité publique, et notamment du droit de recevoir des donations entre vifs et testamentaires. Il a pour fin l'éducation chrétienne et civile de la jeunesse, et surtout celle des enfants des artisans et des pauvres. Le Supérieur Général réside à Paris, rue du faubourg St Martin N° 165.

Conditions pour la création d'un Etablissement.

Les écoles tenues par les Frères du Vénérable de la Salle doivent être parfaitement gratuites, conformément à leurs statuts, c'est-à-dire que ni les écoliers ni leurs parents ne doivent payer à qui que ce soit aucune rétribution mensuelle.

Article II.

Chaque Etablissement doit être composé au moins de trois frères, dont deux pour diriger les classes et le troisième pour gérer le temporel. Lorsqu'il y aura des classes en sus, outre celles de la maison, le Directeur n'en aura point à faire, afin qu'il puisse les surveiller toutes et remplacer un frère en cas de besoin.

S'il y avait huit classes, ou un plus grand nombre, outre le Directeur, il y aurait encore un suppléant.

Article III.

L'habitation des frères doit être appropriée à la vie commune dont ils font profession, et comprendre; parloir, cuisine, réfectoire, toilettes : chambre d'exercice, chapelle ou oratoire, infirmerie, cave, bûcher, grenier, cour, jardin, puits ou pompe, enfin tout ce qui convient à un établissement de ce genre. Les classes doivent être contiguës au moins deux à deux, saines, bien aérées, et bien éclairées, avoir un courant d'air ; elles doivent avoir environ 9 mètres de longueur sur 8 mètres de largeur et 4 mètres 80 centimètres de hauteur.

Art. IV.

La maison d'habitation et les classes, ainsi que le matériel de l'école, tant à l'usage des maîtres que des élèves seront fournis et entretenus à perpétuité, par les villes ou par les fondateurs. Le chauffage des classes sera à la charge des villes, des fondateurs ou des parents des élèves, suivant les conditions faites avec qui de droit ; mais il ne sera jamais à la charge des frères.

Art. V.

Le traitement des frères sera compris sur les octrois, ou fourni par quelque bienfaiteur, et il ne pourra être moindre de 600 francs dans les départements et de 750 fr. à Paris.

Art. VI.

Les villes ou les bienfaiteurs donneront, pour chaque frère, une somme de 1200 fr. une fois payée, tant pour les frais de voyage et le trousseau des frères que pour l'ameublement de la maison, cette somme est réduite à 700 fr. aussi pour chaque frère demandé pour augmenter le personnel d'une maison déjà formée.

Art. VII.

Comme le mobilier de la communauté est entretenu par les frères, ils acquièrent, chaque année le droit à un dixième de la valeur des effets dont il a été composé, à l'ouverture de l'établissement.

Art. VIII.

L'Institut n'ayant aucun revenu affecté à la formation des jeunes maîtres, il sera payé une indemnité de 600 fr. pour chacun des frères envoyés dans un nouvel Etablissement, ou dans une maison déjà formée pour en augmenter le personnel.

Art. IX.

Les Frères ne seront pas tenus de recevoir des écoliers au-dessous de 6 ans, ni d'en admettre plus de 60 dans les classes d'écrivains, et plus de 100 dans les autres. Le frère Directeur de l'établissement est libre d'admettre les élèves qui se présentent, et de renvoyer ceux dont la conduite mériterait l'exclusion. Toutefois il ne refuse jamais les envoyés par l'autorité municipale ou par les bienfaiteurs. Les élèves une fois admis pourront suivre les cours de l'école aussi longtemps que les parents le jugeront à propos.

Art. X.

Les Frères feront entendre tous les jours la Sainte Messe à leurs élèves les jours d'école, à moins que le froid, la pluie, le verglas etc., ne le permettent pas. Les dimanches et les fêtes, ils assisteront avec eux à la messe de paroisse, et aux vêpres, si on leur assigne dans l'église une place convenable; les mêmes jours, ils leur feront le catéchisme pendant une heure et demie; le tout suivant l'usage de leur Institut.

Art. XI.

Ils suivront, pour l'enseignement, la méthode simultanée, développée dans le livre intitulé, Conduite des Écoles Chrétiennes. Cet enseignement comprend outre l'instruction Chrétienne, qui en est la base; la Lecture, l'Écriture, la Grammaire Française et l'arithmétique; des notions d'Histoire et Géographie et de dessin linéaire.

Art. XII.

Les Frères devront avoir l'entière liberté d'observer leurs règles, tant celles qui regardent leur régime intérieur, que celles qui concernent la tenue de leurs classes; le tout afin qu'ils puissent conserver l'uniformité qui est un des principaux soutiens de leur Institut.

Art. XIII.

Le supérieur général sera libre de changer les Frères quand il le jugera nécessaire ou utile ; alors le changement sera au compte de la maison ; mais si la ville ou bienfaiteurs demandaient le changement d'un frère, ils seraient tenus d'en supporter les frais.

Art. XIV.

Dans le cas où l'on voudrait fermer un établissement, la suppression ne pourrait avoir lieu, qu'après avoir été notifiée six mois d'avance au supérieur général, et lors du départ des Frères, la ville ou les bienfaiteurs seraient tenus de payer pour chaque frère une somme équivalente à six mois de son traitement annuel pour indemnité de déménagement de voyage etc.

Le Maire de la ville de Tullins soussigné, approuve les conditions insérées dans le prospectus, à l'exception de celles de l'article VIII, dont il n'a point été question lors de l'établissement de l'école des Frères dans ladite ville.

Tullins en l'Hôtel de Ville le 7 Mars 1850

[illegible]

annexe 2

DÉPARTEMENT
DE L'ISÈRE.

ARRONDISSEMENT
de St Marcellin

CANTON
de Cullin

COMMUNE
de Cullin

DÉPENSES
DES
ÉCOLES PRIMAIRES
En 1879.

EXTRAIT
DU
Registre des délibérations du Conseil municipal.

L'an mil huit cent soixante-dix-huit et le vingt quatre février, le Conseil municipal de la commune de Cullin s'est réuni sous la présidence de M. Chevalier, Maire pour la session ordinaire du mois de février,

Présents : MM. Volmat, Roboud, Mancey, Fayolle, Chatroux, Fabre-Curtat, Perrin, Curtet, Morel, Convert, Noble-Capitaine, Boussier, Genevey-Montaz Isidore, Olivier, Olivet, Berger-Vachon, Morin et Greffe.

Absents pour motifs connus et agréés MM. Genevey-Montaz François, Pervin et Courrier.

M. le Président donne connaissance des dispositions des lois des 10 avril 1867 et 19 juillet 1875, et du décret du 20 août 1877, relatives aux dépenses de l'enseignement primaire, et invite le Conseil municipal à délibérer sur ces dépenses et sur les moyens d'y pourvoir pendant l'année 1879.

Le Conseil municipal, après examen, délibère ainsi qu'il suit :

Il propose de fixer le taux de la rétribution scolaire pour l'année 1879 ainsi qu'il suit :

e Catégorie	Abonnement annuel......	15 fr.
	Rétribution mensuelle.....	3.00

et celui de la rétribution éventuelle à par mois de présence de chaque élève indigent.

(1)

(1) Ajouter, s'il y a lieu :
La commune n'ayant pas encore été autorisée à introduire l'abonnement dans ses écoles, il demande que cette mesure soit appliquée et garantit à l'instituteur et à l'institutrice la moyenne de leur traitement des trois dernières années.

En ce qui concerne les dépenses des écoles, le Conseil,

Considérant que l'art. 1er de la loi du 19 juillet 1875 a fixé les traitements minima des instituteurs et institutrices ainsi qu'il suit :

Instituteurs titulaires	4e classe	900f »
	3e classe	1,000 »
	2e classe	1,100 »
	1re classe	1,200 »
Institutrices titulaires	3e classe	700 »
	2e classe	800 »
	1re classe	900 »
Instituteurs adjoints	Chargés d'une école de hameau	800 »
	Attachés à l'école principale	700 »
Institutrices adjointes	Chargées d'une école de hameau	650 »
	Attachées à l'école principale	600 »

Considérant que la commune a à déterminer les dépenses qui lui incombent à l'égard de ces traitements et des frais concernant les cours d'adultes, la maîtresse de couture et les loyers de maison d'école,

Arrête ainsi qu'il suit les dépenses des écoles et les ressources qui y seront appliquées en 1879 :

DÉPENSES.

Traitement des instituteurs		3800
— de l'institutrice		~~1350~~ ×
— de l'instituteur adjoint		800
— de l'institutrice adjointe		
— du directeur de l'école de hameau		1200
— de la directrice de l'école de hameau		900
— de la maîtresse de couture		
Loyers de la maison d'école		1550
Indemnité et frais matériels de cours d'adultes		310
Total		9910
A cette somme il faut ajouter :		
1° Le traitement des directrices des salles d'asile	2750	
2° Le chauffage des classes	700	
3° Les prix	400	5190
4° L'entretien du mobilier	600	
5° Les réparations aux bâtiments scolaires	600	
6° Et somme imprévue	140	
Total		15100

RESSOURCES.

Produit de fondations spéciales...........................	
Rétribution scolaire des garçons........................	2000
— des filles...........................	1000
— des ~~écoles de hameau~~ [illegible]..	1000
Produit des trois centimes additionnels (loi du 15 mars 1850)..	1242.96
— du quatrième centime additionnel (loi du 19 juillet 1875)..	414.32
— des quatre centimes additionnels pour la gratuité (loi du 10 avril 1867)........................	
Somme à prendre sur les ressources ordinaires de la commune..	9442.72
Subvention demandée au département ou à l'État.........	
TOTAL égal à la dépense........	15100.00

Fait à Culliné, les jour, mois et an que dessus.

Et ont, les membres présents, signé au registre.

Pour copie conforme :

Le Maire,

(Sceau).

× [illegible] 900
[illegible] 410

9253. — Grenoble, imp. Allier.

annexe 3

Académie de Grenoble

Copie

Grenoble, le 6 Janvier 1884

Monsieur le Préfet,

L'école publique des filles de Tullins tenue précédemment par des congréganistes trinitaires, est dirigée, depuis la dernière rentrée des classes par des institutrices laïques. Les premières logeaient en communauté à l'Hôtel Dieu. Les nouvelles institutrices et la directrice de la salle d'asile annexée à cette école n'ont trouvé, en s'installant, qu'un logement provisoire composé, pour trois personnes, de deux pièces d'une superficie totale de 36 mètres carrés environ; ce qui est tout à fait insuffisant.

Après étude approfondie de la question, le conseil municipal a décidé, pour installer convenablement les services scolaires, d'exhausser le bâtiment dont le rez de chaussée sert de salle d'exercices aux jeunes enfants de l'asile. Les pièces servant actuellement à la tenue des classes, seront ajoutées au logement qui est occupé, en ce moment par les institutrices. L'escalier devant conduire aux futures classes sera établi au fond de la cour, en face de la porte d'entrée principale.

La cour de récréation qui n'a que 12m sur 13 environ sera commune à tous les élèves de l'établissement. Le tout sera bien un peu restreint; mais il me semble impossible de faire mieux pour le moment du moins.

Des cabinets d'aisance, au nombre de trois, seront facilement et commodément établis, à gauche de la montée d'escalier.

Au 1er étage, un balcon sur toute la longueur rendra les classes tout à fait indépendantes. Les classes auront la hauteur réglementaire et une superficie totale de 124 mètres carrés, soit le volume d'air nécessaire pour 122 élèves. Or, ce chiffre de fréquentation n'a jamais été atteint.

Le devis estimatif de cet agrandissement se monte à 12500 francs, y compris les travaux imprévus, mais non les honoraires de l'architecte, ni les frais d'aménagement des anciens locaux pour leur destination nouvelle.

Reste à savoir, ce dont la délibération ci-jointe ne dit mot, où seront pris les fonds destinés à faire face à cette construction, et quel sera le secours demandé au Département et à l'État.

J'estime donc, tout en émettant un avis favorable au sujet des plans et devis présentés, qu'il y a lieu de renvoyer le dossier à la municipalité, pour qu'elle ait à le compléter. En outre, il y aura lieu de recommander à l'architecte de prendre les mesures nécessaires pour que la marche des enfants au 1er étage ne produise aucun bruit au rez de chaussée, occupé par la salle d'asile.

Veuillez agréer etc.

L'Inspecteur d'Académie,

Signé : Stouff

ISÈRE PRÉFET

Pour copie conforme :
Le Secrétaire Général,

[illegible]

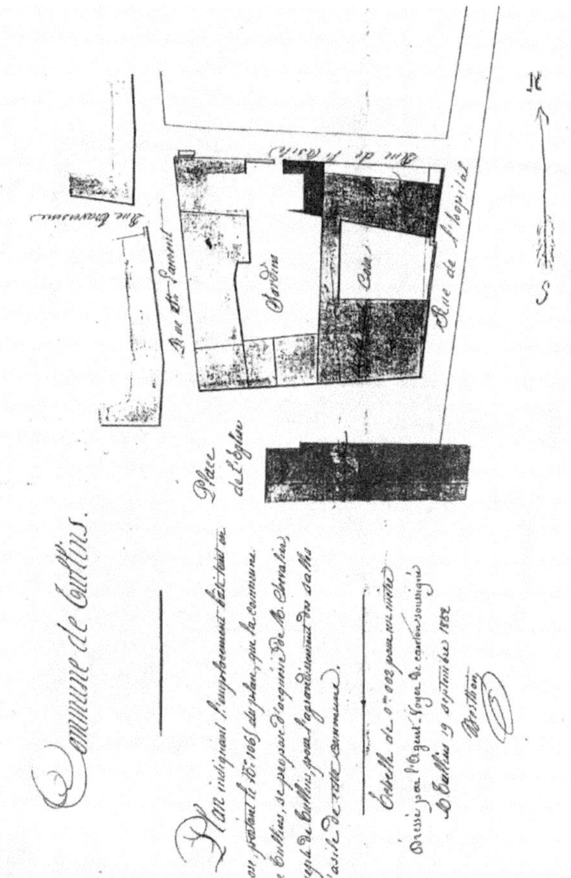

Jardins
Cour
Place de l'Eglise
Rue de l'hôpital

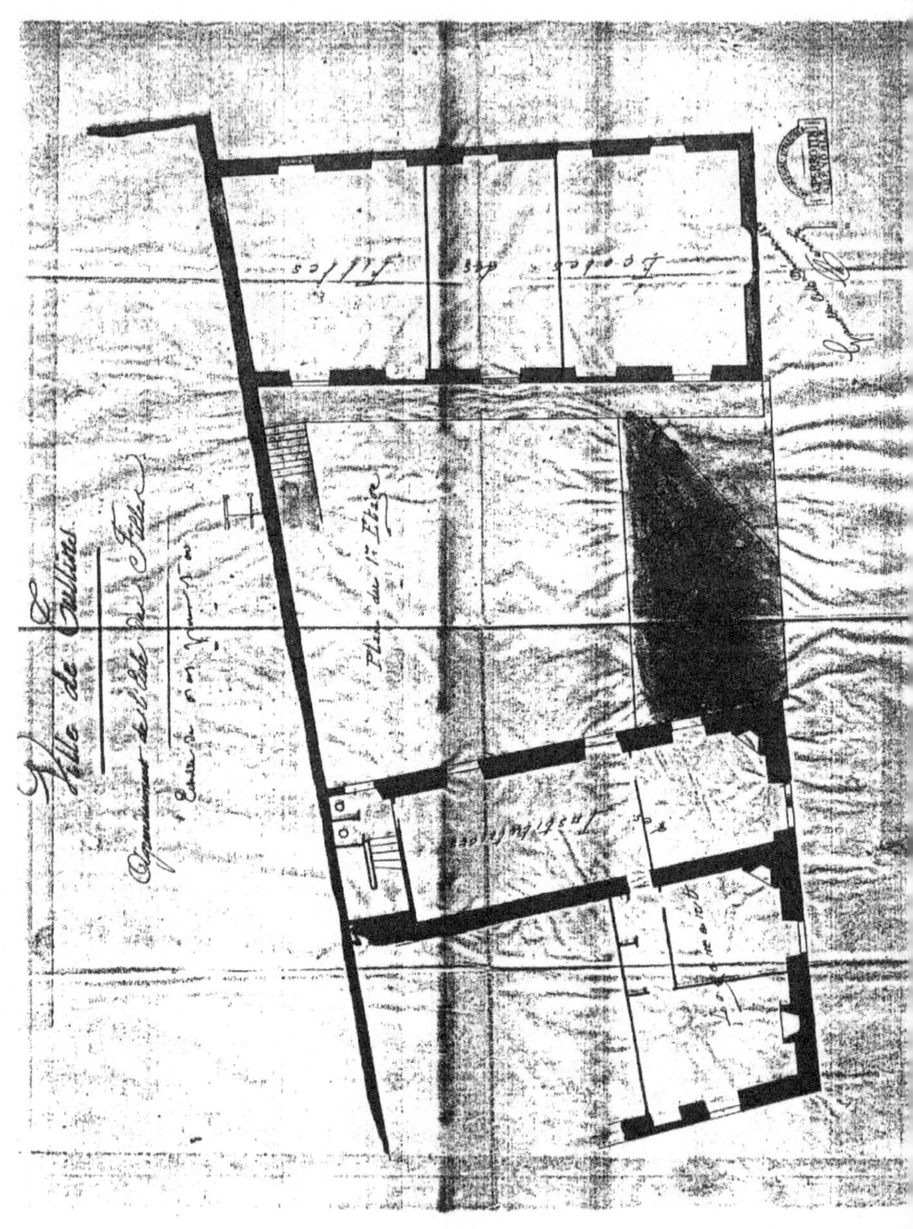

Annexe 4

LE 1er NOVEMBRE PROCHAIN,

Ouverture d'un

PENSIONNAT PRIMAIRE LIBRE

A TULLINS.

SOUS LA DIRECTION COLLECTIVE DE

MM. VIEUX ET MAGNIN.

Parmi les questions de haut intérêt qui préoccupent les familles, il en est une qui, en raison de ses conséquences, l'emporte sur toutes les autres ; c'est celle qui a rapport à l'instruction des enfants. En effet, à peine un enfant vient-il de naître, que son père et sa mère fondent sur lui leurs plus douces espérances ; et, à mesure qu'il grandit, ils s'ingénient à trouver les moyens de lui assurer un avenir paisible, une position honorable qui le place dans de meilleures conditions d'existence qu'eux-mêmes.

Les parents pensent donc tout d'abord à une école, car ils savent que, sans instruction, leur enfant devra se contenter d'une vie toute matérielle, rehaussée seulement par les instincts naturels que Dieu a placés dans le cœur de tout homme ; ils savent que sans instruction, et quelque humble que puisse être sa position sociale, l'homme éprouve à chaque pas des embarras et souvent même des humiliations ; ils savent, en un mot, que l'instruction est aussi indispensable à la vie de l'âme que le pain l'est en quelque sorte à celle du corps. Mais nous n'entendons pas ici cette instruction sèche qui se borne seulement à la connaissance plus ou moins parfaite de la lecture, de l'écriture, du calcul, etc. ; nous entendons, avant tout, et comme base d'une instruction solide, la connaissance des devoirs de l'enfant par rapport à lui-même, par rapport à son prochain, par rapport aux lois et à l'autorité, par rapport à ses parents, par rapport à la religion, et, en un mot, par rapport à Dieu.

Telle est l'instruction que recevront les enfants qui nous seront confiés, inspirés que nous serons toujours des sentiments et des vues de leurs parents, qui comprendront qu'étant pères de familles nous-mêmes, notre conduite envers nos élèves sera toute bienveillante et toute paternelle.

PRIX ET CONDITIONS D'ADMISSION A L'ÉTABLISSEMENT.

Pensionnaires.

Rétribution annuelle : 420 fr., payable par trimestre et d'avance.

Si les parents trouvaient quelque avantage à nourrir eux-mêmes leurs enfants, à la condition seulement que l'Établissement se chargeât de la préparation des aliments et de la fourniture de la soupe, la rétribution serait alors de 15 fr. par mois et payables d'avance.

Chaque pensionnaire ou demi-pensionnaire devra fournir son lit garni (2 paires de draps au moins).

Le costume des élèves, pensionnaires ou autres, sera en quelque sorte facultatif; mais, autant que possible, chaque pensionnaire ou demi-pensionnaire devra être pourvu des objets de toilette suivants :

6 Chemises.
3 Essuie-Mains.
6 Serviettes.
3 Paires de bas.
2 Paires de souliers.
2 Blouses bleues.

Une Redingote noire.
2 Gilets noirs.
Une Casquette et 1 Chapeau de même couleur.
3 Pantalons, parmi lesquels, autant que possible, un noir.

Le blanchissage est à la charge de l'Établissement, pour les pensionnaires seulement, et les fournitures classiques à la charge des parents.

La durée de l'enseignement, pour que les élèves puissent compléter leur instruction primaire, est fixée à trois ans pour ceux qui ne connaîtraient encore que les premiers éléments de la lecture et de l'écriture.

Quant à ceux qui seraient plus avancés, ils seront classés par deuxième ou troisième année, selon le résultat d'un examen qu'ils subiront à leur entrée dans l'Établissement.

La rétribution mensuelle pour les externes est ainsi fixée :

Première année.	5 francs.
Deuxième année	6 —
Troisième année	7 —

Des examens auront lieu à la fin de chaque semestre, en présence des parents, pour constater les progrès de leurs enfants. Ce sera un moyen puissant d'émulation qui forcera les élèves à se rendre dignes des sacrifices de leurs parents.

Grenoble. — Maisonville et fils, imprimeurs-libraires, rue du Quai, 8, vis-à-vis le Jardin de Ville

annexe 5

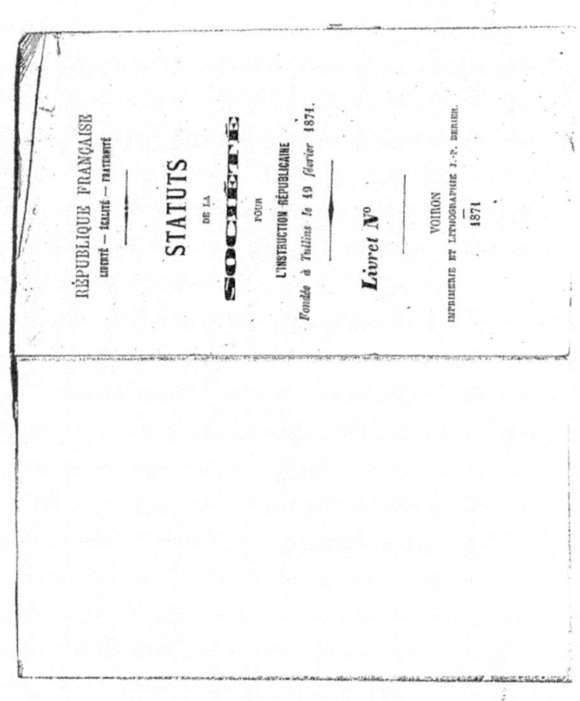

RÉPUBLIQUE FRANÇAISE

LIBERTÉ — ÉGALITÉ — FRATERNITÉ

STATUTS

DE LA

SOCIÉTÉ

POUR

L'INSTRUCTION RÉPUBLICAINE

Fondée à Tullins le 19 février 1871.

Livret N°

VOIRON

IMPRIMERIE ET LITHOGRAPHIE J.-P. BERIER.

1871

STATUTS

ARTICLE PREMIER.

Il est formé à Tullins une association sous le titre de : *Société pour l'Instruction républicaine*. Le but de cette association est d'éclairer les citoyens sur leurs droits et leurs devoirs, en faisant pénétrer les notions économiques, politiques et sociales, sans lesquelles les droits naturels de l'homme ne peuvent être compris.

ART. 2.

La propagation de l'instruction républicaine sera faite par les moyens suivants :

Leçons orales données aux citoyens;

Conférences et Lectures publiques;

Publications gratuites d'ouvrages à bon marché, rappelant les questions traitées oralement;

Création d'une bibliothèque spéciale.

ART. 3.

La Société est administrée par un Conseil, dont onze membres élus à Tullins, en assemblée générale, et un membre dans chaque commune, élu par le groupe de citoyens de la localité faisant partie de ladite société.

ART. 4.

Le Conseil élit un Président, deux Vice-Présidents, deux Secrétaires et un Trésorier. Il se réunit de droit quatre fois par an.

Outre les quatre réunions réglementaires, il y aura une réunion lorsqu'elle sera demandée par six membres du Bureau d'administration.

Le Bureau d'administration pourra désigner un de ses membres comme Administrateur délégué pour les besoins de la Société dans l'intervalle des sessions.

ART. 5.

Il y aura une assemblée annuelle de tous les membres de la Société le 4 septembre, en mémoire du retour de la RÉPUBLIQUE. Dans cette assemblée, le Conseil sera réélu, le Trésorier rendra ses comptes, et toutes les questions relatives à l'instruction républicaine y seront discutées.

Outre la réunion générale annuelle, il y aura réunion générale lorsqu'elle sera demandée par six membres de la Société réunis à six membres du Bureau d'administration.

Art. 6.

Dans le but de mieux propager son programme civilisateur, la Société tiendra des assemblées qui auront lieu dans chaque commune qui aura adhéré aux statuts.

Le Conseil d'administration décidera les jours de réunion, et avisera les communes dans lesquelles le bureau se transportera à tour de rôle.

Art. 7.

Les conditions d'admission dans la Société consistent dans l'engagement de payer 50 centimes par mois, entre les mains du Trésorier de la Société;

L'admission a lieu par le Conseil d'administration qui est investi du droit de

rejeter ceux qui seraient indignes de faire partie d'une Société dont le but est essentiellement moral.

Le sociétaire qui n'aura pas acquitté ses cotisations à la fin de l'année cessera de faire partie de la Société.

La Société pourra recevoir des dons volontaires.

Les statuts de la Société seront imprimés, ainsi que les noms des sociétaires, en tête d'un livret qui sera remis à chaque membre et sur lequel seront inscrits les reçus de ses cotisations.

Ont adhéré plus de deux cents citoyens dont les noms seront inscrits sur les livrets comme fondateurs de la Société.

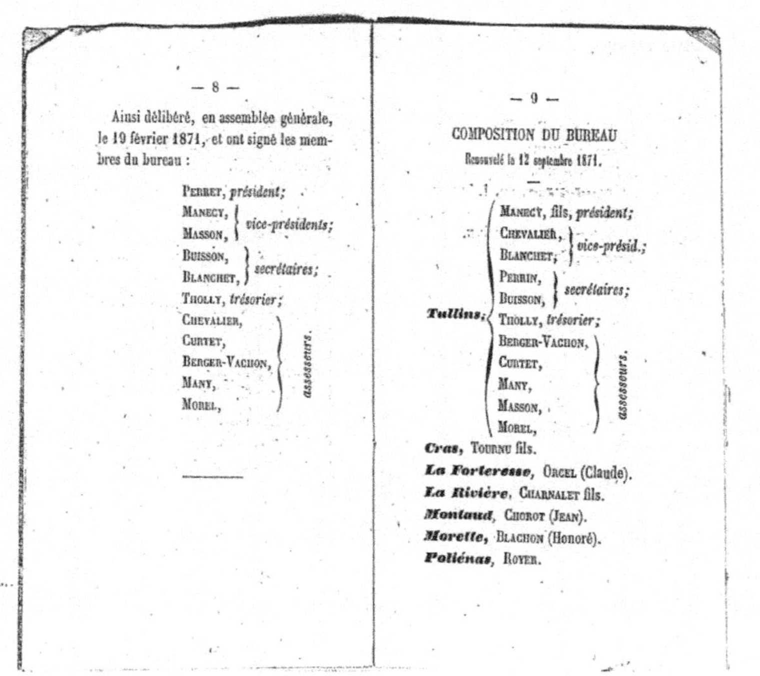

— 8 —

Ainsi délibéré, en assemblée générale, le 19 février 1871, et ont signé les membres du bureau :

Perret, *président;*
Manecy, } *vice-présidents;*
Masson, }
Buisson, } *secrétaires;*
Blanchet, }
Tholly, *trésorier;*
Chevalier, }
Curtet, }
Berger-Vachon, } *assesseurs.*
Many, }
Morel, }

— 9 —

COMPOSITION DU BUREAU

Renouvelé le 12 septembre 1871.

Tullins;
Manecy, fils, *président;*
Chevalier, } *vice-présid.;*
Blanchet, }
Perrin, } *secrétaires;*
Buisson, }
Tholly, *trésorier;*
Berger-Vachon, }
Curtet, }
Many, } *assesseurs.*
Masson, }
Morel, }

Cras, Tournu fils.
La Forteresse, Orcel (Claude).
La Rivière, Charnalet fils.
Montaud, Chorot (Jean).
Morette, Blachon (Honoré).
Poliénas, Royer.

Annexe 6

Commissariat spécial de Police
de
TULLINS
(Isère)

N° 1991

Tullins, le [illegible] 1872.

Presse [illegible] et situation politique du canton de Tullins

Monsieur le Préfet,

Pour répondre à la demande que vous m'avez faite lors de mon voyage à Grenoble, j'ai l'honneur de vous adresser en forme d'état, le relevé exact des journaux reçus dans le canton de Tullins. Parmi les journaux politiques l'Impartial Dauphinois & le Siècle sont ceux qui par leurs idées plaisent le plus à l'ensemble de la population, quoique le chiffre d'abonnés au réveil du Dauphiné soit plus élevé, les idées par trop radicales & absolues de cette feuille ont fini par déplaire à la population : si on le lit c'est en général pour en critiquer certains articles très souvent en contradiction non seulement avec l'organe officiel, mais encore avec le bon sens vulgaire. On lui reproche surtout le parti pris de ne relater que les actes d'imprudence ou d'indélicatesse à l'encontre du Clergé & de certaines congrégations religieuses. Dans un temps peu éloigné, je suis moralement sûr que ce journal verra ses abonnés l'abandonner. Les cafetiers eux-mêmes qui forment la plus grande partie de sa clientèle, voient qu'il est peu lu et qu'il est loin d'être d'un goût de la classe honnête

Le Réveil

A Monsieur le Préfet de l'Isère Grenoble

de la Société.

Le canton de Tullins, compte surtout au chef lieu une grande partie de républicains ultra qui naturellement ont approuvé & approuvent vraisemblablement encore la commune de Paris & toutes ses suites; parmi ceux-là figurent des vétérans républicains qui en 1848 étaient déjà de la veille; cependant on ne les voit pas agir: la fermeté du Gouvernement actuel leur a donné matière à réflexion, mais il ne faut pas se dissimuler qu'à un moment donné certains d'entre eux dont les opinions frisent le socialisme ne craindraient pas de se montrer; cependant j'ajoute que jusqu'ici & surtout depuis mon arrivée, ils paraissent craindre & respecter l'action de la police.

Ces renseignements, Monsieur le Préfet, sont plus particulièrement applicables à Tullins même qu'aux communes rurales; dans celles-ci au contraire la majorité de la population est monarchiste. Jugée superficiellement cette population au contraire paraîtrait républicaine, mais cela n'est pas, ayant l'habitude de nos gens de campagne j'ai pu constater par moi même, qu'à l'exception de la commune chef lieu, l'esprit de la population peut se décomposer comme suit:

Républicains sincères	1/10e
Indifférents acceptant ou subissant la République	4/10es
Monarchistes	4/10es
Impérialistes	1/10e

Il ne faut pas se dissimuler que la catégorie des indifférents qui subissent ou acceptent la république, est on ne peut plus mobile : s'ils se disent républicains ce n'est que pour le décorum, car ce n'est pas là leur vrai opinion.

Les opinions Monarchistes doivent encore se subdiviser entre elles de la manière suivante : Légitimistes 1/3 ; Orléanistes 2/3.

Ces appréciations qui d'après moi sont conformes à la vérité vous font connaître, Monsieur le Préfet, l'esprit de la population du canton de Bellimes : il est regrettable seulement qu'à Bellimes même les quelques républicains ~~[illegible]~~ avancés appartiennent à une certaine classe de la société qui par leur position sociale et de famille soient l'objet d'une grande aversion de la part de la majeure partie de la population.

Les personnages auxquels je fais allusion font presque tous partie du conseil municipal de Bellimes, ils commencent à détester M. Mattoz leur maire, comme n'étant pas à leur hauteur comme opinions, on trouve qu'il se relâche, bientôt, je pense, on le traitera de réactionnaire. Cette situation est d'autant plus fâcheuse, à mon avis, pour le Maire de Bellimes que si de nouvelles élections municipales avaient lieu, il ne serait pas réélu : les républicains ultra le trouveraient trop faible et la partie

honnête

honnête ne lui pardonnerait pas d'avoir pactisé avec son conseil municipal actuel.

Daignez agréer Monsieur le Préfet l'assurance de mon profond respect & de mon entier dévouement.

Le Commissaire Spécial

[illegible]

Relevé des journaux paraissant régulièrement dans le canton de Tullins

Titre des journaux	Nombre	
Journaux du département		
Courrier de l'Isère	5	76
Impartial Dauphinois	20	
Réveil du Dauphiné	35	
Mémorial de St Marcellin	16	
Paris et départements limitrophes		
Figaro	3	159
Salut public	8	
Progrès	4	
Décentralisation	3	
Journal de Lyon	3	
Gaulois	4	
Gazette de France	1	
Siècle	6	
Unité française	9	
Marseillaise	18	
Petit journal et petite presse	100	

Annexe 7

DÉPARTEMENT
E L'ISÈRE.

ARRONDISSEMENT
St Marcellin

CANTON
Tullins

COMMUNE de Tullins

Minute générale devant rester en permanence à la Mairie.

LISTE DES ENFANTS DE 6 A 13 ANS (1)

POUR LESQUELS L'INSTRUCTION PRIMAIRE EST OBLIGATOIRE

Conformément aux prescriptions de l'article 4 de la loi du 28 mars 1882.

NOMS ET PRÉNOMS des PARENTS, TUTEURS OU PATRONS responsables. 2	NOMS ET PRÉNOMS des ENFANTS. 3	DATE ET LIEU de NAISSANCE. 4	L'ENFANT fréquente-t-il déjà une École ? 5	ÉCOLE CHOISIE par la famille. 6	ÉCOLE DÉSIGNÉE d'office par la Commission municipale. 7	OBSERVATIONS. 8
Bagriot Louis Émile	Bagriot Joséphine Marie Rachel	Tullins 1er Mars 1871	Oui	Pensionnat des Ursulines		
Brun-Baronnat Isidore	Brun Baronnat J^h V^{or} Isidore	id 27 janvier 1873	Oui	Collège de St Marcellin		
	Brun Baronnat Sérin Aug^{tin}	id 15 Août 1874	Oui	id		
Budillon Auguste Félicien	Budillon Joseph Aug^{te} Ernest	id 25 Avril 1874	Oui	communale de Tullins		
Bernard Guelle Joseph	Bernard Guelle Joseph Louis	id 28 janvier id	Oui	École laïque		
Barral Henri-Émile Antoine	Barral Magdeleine	id 31 Mars 1871	Oui	École libre des Ursulines		
Bressot Louis Théodore	Bressot Marie Lucie	id 12 Juin 1875	Oui	École Com^{le} de Tullins		
Billiard Alexandre	Billiard Marie Henriette	id 29 8bre 1871	Oui	École libre des Ursulines		
	Billiard Henri Célestin	id 15 Juin 1875	Oui	École Com^{le} de Tullins		
Bourdy Adrien	Bourdy Charlotte Gabrielle	id 10 février 1873	Oui	École Com^{le} de		
	Bourdy Louise Lucie	id 19 Mai 1875	Oui	Tullins		
Buissière Étienne	Buissière Étienne Jean	id 2 Avril 1871	Oui	id		
Bérut Victor Joseph	Bérut Eugène		Oui	École libre des frères		
Morin Joseph (oncle)	Blache Marie Joseph	Tullins 3 Juillet 1870	Oui	École Com^{le} de Tullins		
Berthier Gabriel	Berthier Gabriel Jean Joseph	id 11 Mars 1874	Oui	École libre des frères		
Burriand-Vallet Jean	Burriand Vallet Rosalie J^{ne}	id 27 Mai 1875	Oui	École libre des Ursulines		
Bouvier François	Bouvier François Antoine	id 2 Avril 1874	Oui	École Com^{le} de Tullins		
Caillat Joséphine Veuve Benoit	Benoit Louise	id 11 8bre 1869	Oui			Domestique agricole dispensé
	Benoit [illegible] Eugénie	id 14 Avril 1872	Oui	École libre des Ursulines		
	Benoit Marie Augustine	id 7 7bre 1873	Oui		École Com^{le} de Tullins	Tenu
Buisson François	Buisson Alexandrine Jos^{ne}	id 4 janvier 1871	Oui	École Com^{le} de Tullins		
	Buisson Auguste	id 2 Mai 1873	Oui	id		
Brizard Désiré (aïeul)	Brizard Marie Joséphine	id 4 Juillet 1874	Oui	id		
Berlioz Latour Martin	Berlioz Latour Adrien Marius	id 1 Mars 1874	Oui	id		

(1) La présente liste comprendra les enfants nés du 1er janvier 1869 au 31 décembre 1875.

TABLE DES MATIERES

Structures éditoriales du groupe L'Harmattan

L'Harmattan Italie
Via degli Artisti, 15
10124 Torino
harmattan.italia@gmail.com

L'Harmattan Hongrie
Kossuth l. u. 14-16.
1053 Budapest
harmattan@harmattan.hu

L'Harmattan Sénégal
10 VDN en face Mermoz
BP 45034 Dakar-Fann
senharmattan@gmail.com

L'Harmattan Cameroun
TSINGA/FECAFOOT
BP 11486 Yaoundé
inkoukam@gmail.com

L'Harmattan Burkina Faso
Achille Somé – tengnule@hotmail.fr

L'Harmattan Guinée
Almamya, rue KA 028 OKB Agency
BP 3470 Conakry
harmattanguinee@yahoo.fr

L'Harmattan RDC
185, avenue Nyangwe
Commune de Lingwala – Kinshasa
matangilamusadila@yahoo.fr

L'Harmattan Congo
219, avenue Nelson Mandela
BP 2874 Brazzaville
harmattan.congo@yahoo.fr

L'Harmattan Mali
ACI 2000 - Immeuble Mgr Jean Marie Cisse
Bureau 10
BP 145 Bamako-Mali
mali@harmattan.fr

L'Harmattan Togo
Djidjole – Lomé
Maison Amela
face EPP BATOME
ddamela@aol.com

L'Harmattan Côte d'Ivoire
Résidence Karl – Cité des Arts
Abidjan-Cocody
03 BP 1588 Abidjan
espace_harmattan.ci@hotmail.fr

Nos librairies en France

Librairie internationale
16, rue des Écoles
75005 Paris
librairie.internationale@harmattan.fr
01 40 46 79 11
www.librairieharmattan.com

Librairie des savoirs
21, rue des Écoles
75005 Paris
librairie.sh@harmattan.fr
01 46 34 13 71
www.librairieharmattansh.com

Librairie Le Lucernaire
53, rue Notre-Dame-des-Champs
75006 Paris
librairie@lucernaire.fr
01 42 22 67 13

www.ingramcontent.com/pod-product-compliance
Lightning Source LLC
LaVergne TN
LVHW021947220826
846091LV00015B/4123

* 9 7 8 2 1 4 0 2 7 2 3 5 6 *